Le bébé de la mariée

DANI COLLINS

Le bébé de la mariée

Traduction française de
ERWAN LARHER

Collection : Azur

Titre original :
A BABY TO MAKE HER HIS BRIDE

© 2023, Dani Collins.
© 2023, HarperCollins France pour la traduction française.

Ce livre est publié avec l'autorisation de HARLEQUIN BOOKS S.A.

Tous droits réservés, y compris le droit de reproduction de tout ou partie de l'ouvrage, sous quelque forme que ce soit.
Toute représentation ou reproduction, par quelque procédé que ce soit, constituerait une contrefaçon sanctionnée par les articles 425 et suivants du Code pénal.

Si vous achetez ce livre privé de tout ou partie de sa couverture, nous vous signalons qu'il est en vente irrégulière. Il est considéré comme « invendu » et l'éditeur comme l'auteur n'ont reçu aucun paiement pour ce livre « détérioré ».

Cette œuvre est une œuvre de fiction. Les noms propres, les personnages, les lieux, les intrigues sont soit le fruit de l'imagination de l'auteur, soit utilisés dans le cadre d'une œuvre de fiction. Toute ressemblance avec des personnes réelles, vivantes ou décédées, des entreprises, des événements ou des lieux serait une pure coïncidence.

Le visuel de couverture est reproduit avec l'autorisation de :
HARLEQUIN BOOKS S.A.

Tous droits réservés.

HARPERCOLLINS FRANCE
83-85, boulevard Vincent-Auriol, 75646 PARIS CEDEX 13
Service Lectrices — Tél. : 01 45 82 47 47 - www.harlequin.fr
ISBN 978-2-2804-9360-4 — ISSN 0993-4448

Composé et édité par HarperCollins France.
Imprimé en octobre 2023 par CPI Black Print (Barcelone)
en utilisant 100% d'électricité renouvelable.
Dépôt légal : novembre 2023.

Pour limiter l'empreinte environnementale de ses livres, HarperCollins France s'engage à n'utiliser que du papier fabriqué à partir de bois provenant de forêts gérées durablement et de manière responsable.

1

Vienna se gara devant la maison qui lui appartenait, mais qu'elle n'avait jamais vue. Son frère, Hunter, l'avait acquise un mois auparavant, de la manière la plus bizarre qui soit.

— Puis-je utiliser le compte de ta société-écran pour acheter une maison sans te dire pourquoi ? lui avait-il demandé. Rien d'illégal, je te le jure.

— Je croyais que tu l'avais dissoute.

Hunter l'avait créée pour protéger leurs biens pendant qu'ils étaient en litige avec leur belle-mère.

— Je le ferai, mais ce truc est arrivé...

— Qu'est-ce qu'il s'est passé ?

Vienna aimait à penser que son frère et elle étaient proches, mais il était plus juste de dire qu'ils se soutenaient toujours mutuellement, tout en se cachant des choses -généralement dans le but de protéger l'autre. Elle adorait Hunter et ferait n'importe quoi pour lui, mais cette demande lui avait semblé très étrange.

— Elle a cinquante ans, poursuivit-il à sa manière brusque sans répondre à sa question. Elle n'est raccordée à aucun réseau, est équipée de panneaux solaires et d'un système de filtration de l'eau. Très bien située. Les propriétaires actuels l'exploitent comme une location de vacances, elle est donc meublée et en bon état. Il n'y aura pas d'entretien ni de gestion à assurer. Je m'occuperai de tous les frais et taxes. Je t'expliquerai tout d'ici quelques mois : tu pourras alors en faire ce que tu veux. D'ici là, tu ne devras en parler à personne, pas même à Neal.

Elle ne parlait quasiment plus à son futur ex-mari, cette promesse avait donc été facile à tenir.

— Amelia est-elle au courant ?

— Je le lui dirai, avait promis Hunter avant de marquer une pause. Quand le moment sera venu.

À l'époque, il n'était marié que depuis cinq ou six semaines, à une femme qui avait caché à Hunter qu'elle avait eu un bébé dont il était le père. Cette révélation avait provoqué un énorme scandale et l'annulation au pied de l'autel du mariage de l'une des meilleures amies de Vienna.

Depuis, Hunter et Amelia semblaient être tombés amoureux l'un de l'autre. Alors, pourquoi cacher quelque chose d'aussi important à sa nouvelle épouse ? s'était demandé Vienna.

Toutefois, elle lui avait fait confiance. Son frère avait semblé soulagé. Il lui avait affirmé que c'était important, et elle n'avait eu aucune raison d'en douter. Ensuite, prise par son offensive contre Neal, son mari, la maison lui était sortie de la tête.

Quelques mois auparavant, elle avait proposé à Neal un divorce à l'amiable. Ce dernier lui avait alors joué la grande scène du cœur brisé, lui avait promis qu'ils continueraient à essayer d'avoir un bébé et l'avait menacée à demi-mot de déballer dans la presse des informations sur la famille Waverly et Wave-Com, l'entreprise de Hunter – dont il était par ailleurs vice-président en charge des ventes.

À cette époque, Hunter menait une longue, sordide et difficile bataille judiciaire contre Irina, leur belle-mère. Vienna n'avait pas voulu ajouter au stress de Hunter ; elle avait donc simplement proposé à Neal de sauver les apparences. Officiellement, ils étaient toujours en couple, mais elle avait commencé à passer de plus en plus de temps dans leur appartement de Toronto tandis qu'il restait à Calgary.

Elle avait néanmoins discrètement préparé le terrain pour un divorce en redirigeant son courrier, en ouvrant un compte bancaire séparé et en annonçant à quelques personnes de confiance, qui feraient d'excellents témoins de moralité le cas échéant, qu'ils étaient séparés. Tant qu'elle maintenait l'illusion d'un mariage heureux, qu'elle se rendait disponible pour les engagements professionnels de Neal et qu'elle l'invitait à une poignée d'événements familiaux, il s'en fichait. Néanmoins, il y avait trop d'argent en jeu et trop de prestige social à être le beau-frère de Hunter Waverly pour qu'il accepte tranquillement un divorce. Neal jouerait la victime et prétendrait vouloir se réconcilier. Le scandale public serait inévitable.

Alors, pour éviter que son frère soit touché par la déflagration, Vienna avait attendu que celui-ci se décide enfin à partir en lune de miel avec Amelia pour lancer les hostilités. À présent, les papiers du divorce avaient été envoyés à Neal, et les avocats de Vienna étaient sur le pied de guerre. Quant à elle, elle avait décidé de se mettre au vert pour éviter d'être au cœur de la tempête. Elle s'était alors souvenue de la mystérieuse maison achetée par Hunter : l'endroit parfait pour une retraite sûre, coupée du monde, sans accès à Internet.

Elle ne lui avait pas fait part de ses plans ni même donné son nouveau numéro de téléphone. Elle avait tout organisé en secret avec Steven Chow, l'assistant personnel de son frère, sans non plus dire à celui-ci où elle allait exactement – il savait juste que c'était sur l'île de Vancouver. Elle y avait atterri quelques heures auparavant, à Nanaimo. Là, elle avait pris le volant du luxueux SUV loué pour elle et rempli de provisions. Elle avait traversé l'île jusqu'à Tofino, sur la côte Pacifique, une petite bourgade perdue au milieu de paysages naturels magnifiques.

Neal ignorait l'existence de cette maison. Seul l'avocat de Vienna savait où elle s'était retirée.

Bientôt, se promit-elle.

Bientôt, la pire erreur de sa vie serait derrière elle. Elle recouvrerait sa liberté.

Vienna descendit du SUV et s'étira, moulue par les presque quatre heures qu'elle venait de passer au volant. Elle respira à pleins poumons les odeurs de cèdre, de pin et d'embruns. Elle ne pouvait pas voir l'océan, mais entendait son ressac parmi les mille et un bruits de la nature.

La maison, élancée, avait probablement été avant-gardiste à son époque. Elle était construite sur un talus, et une étroite passerelle en bois rappelant un peu un pont-levis conduisit Vienna de l'allée gravillonnée à une double porte d'entrée flanquée de vitraux. Une véranda faisait tout le tour de la maison. Le bardage en bois avait été grisé par les intempéries et la nature s'était refermée autour du bâtiment, lui donnant l'air d'un château oublié avalé par les ronces, entouré d'arbres qui semblaient monter la garde.

Elle tomba instantanément amoureuse de cet endroit. Peut-être parce qu'elle comprenait mieux que quiconque ce que c'était que de voir son potentiel négligé pendant des années, songea-t-elle avec un amusement cynique. Le lieu était idéal pour qu'une princesse déprimée se débarrasse du sort qui lui avait été jeté et s'éveille à sa nouvelle vie.

La porte s'ouvrait grâce à un digicode. L'acte de vente précisait que le code était « 0000 », mais lorsque Vienna tapa les quatre chiffres sur le clavier, la serrure ne se déverrouilla pas.

Agacée, elle contourna la maison. Elle découvrit un autre petit pont, qui reliait une porte latérale au garage. Là aussi, tout était fermé. Elle continua donc vers l'arrière.

Et se figea...

La véranda donnait sur une immense terrasse, à la fois salon, cuisine et salle à manger en plein air. La vue sur l'océan au-dessus de la cime des arbres était à couper le souffle.

Merci, Hunter.

Elle s'imprégna de la beauté du paysage, puis se tourna

vers les deux séries de portes coulissantes séparées par trois larges baies vitrées. Avec un frisson d'appréhension, elle nota que les vitres étaient parfaitement propres. Elle remarqua alors que la terrasse avait été débarrassée des feuilles et aiguilles de pin, que les meubles étaient propres, soigneusement disposés, et les coussins à rayures bleues et jaunes en place. Le barbecue était découvert.

Le cœur battant, elle s'approcha d'une des portes-fenêtres. À cause du store baissé devant, Vienna n'avait pas distingué avant qu'elle était ouverte. Elle écarta le store et entra...

S'il y avait eu au sol de la saleté apportée de l'extérieur par le vent ou des traces d'infiltrations d'eau, cela aurait signifié que quelqu'un avait oublié de refermer cette porte. Or rien de tout cela : la pièce était propre, et décorée de manière bien moins vieillotte que ce à quoi elle s'était attendue.

— Hello ! lança-t-elle timidement, oppressée par une angoisse grandissante.

Elle avait l'impression d'être une de ces femmes stupides qui descendaient à la cave dans les films d'horreur, alors qu'il était évident que l'assassin l'y attendait. Le côté plus rationnel de son esprit lui disait qu'une explication logique s'imposerait bientôt à elle. Par exemple : s'était-elle trompée de maison ?

— Il y a quelqu'un ?

Cette partie du rez-de-chaussée était un espace ouvert organisé autour d'une cheminée massive en pierre. À sa droite, Vienna découvrit une cuisine dont les meubles de bois blanc aux lignes simples semblaient presque neufs. Les plans de travail étaient en granit et la grande table en chêne ancien. Dessus était posé un bol en bois contenant de *vrais* fruits – deux bananes, une orange et une pomme rouge vif.

Est-ce que cela signifiait que... *Seigneur !*

L'escalier ouvert qui s'élevait au fond du salon laissait voir un bureau placé sous la fenêtre près de la porte d'entrée. Il y avait un ordinateur portable dessus, fermé, mais branché, avec une tasse à café à côté.

Il y avait bien quelqu'un ici !

Au moment où cette certitude atteignait sa conscience, le bruit de quelqu'un qui montait des marches grinçantes se fit entendre derrière elle.

Vienna se retourna. Elle remarqua une porte ouverte qui semblait mener au sous-sol. Elle pivota pour repartir en vitesse par où elle était entrée.

— Qui êtes-vous ?

La voix grave et inamicale fit dresser ses cheveux sur sa nuque. Lorsqu'elle tourna la tête, elle se retrouva face non pas à un squatteur dépenaillé, mais à un trentenaire à la silhouette athlétique, vêtu d'un T-shirt gris et d'un short de sport, qui dégageait l'énergie dangereuse d'une tempête en train de se former.

Le regard d'un bleu profond de l'inconnu pénétra si profondément dans son âme qu'elle en frissonna. Puis il la regarda de haut en bas, comme si elle était une souris à chasser de la cuisine. Il haussa les sourcils, l'expression dure, visiblement dans l'attente de sa réponse.

Les habitudes de toute une vie la poussaient à s'excuser et à s'éclipser. *Je ne suis personne.* La confrontation ne lui avait jamais réussi, mais elle devait commencer à se défendre. Elle n'était pas dans son tort, même s'il lui donnait cette impression.

— *Vous*, qui êtes-vous ? répliqua-t-elle d'un ton poli, mais froid. C'est ma maison.

— Non.

Son assurance était si absolue que l'incertitude gagna Vienna, qui se retrouva bien malgré elle sur la défensive.

— Je peux vous montrer la preuve sur mon téléphone...

Elle s'interrompit. *Quelle idiote !* Elle avait laissé son téléphone dans le SUV... Elle se reprit et enchaîna :

— C'est le 1183 Bayview Drive, non ?

L'homme hocha presque imperceptiblement la tête. Une ombre de perplexité passa sur son visage, confirmant à Vienna qu'elle venait de marquer un point.

— Expliquez-moi pourquoi vous êtes chez moi, insista-t-elle.

Il plissa les yeux.

— Vienna ?

Son cœur manqua un battement. Elle était venue ici en espérant ne pas être reconnue...

Jasper était sur le point de commencer sa séance d'entraînement quotidienne au sous-sol lorsqu'il avait entendu quelqu'un essayer d'ouvrir la porte d'entrée. Il avait changé le code en arrivant ici, mais de toute façon ni un tueur à gages ni les forces de l'ordre ne se seraient annoncés.

Il avait tendu l'oreille pour suivre des pas légers contourner la maison, s'arrêter devant la porte latérale, puis se diriger vers la terrasse côté océan.

Quelqu'un l'avait-il retrouvé ou cette personne était-elle perdue ? Cela l'avait contrarié. Depuis des mois, c'était comme s'il plaçait en équilibre un millier de dominos avec une précision délicate. Il avait encore besoin de quelques semaines avant de pouvoir faire basculer le premier et les faire tous tomber. Il ne pouvait pas se permettre de laisser qui que ce soit entraver son plan.

Lorsqu'il avait entendu une voix féminine demander s'il y avait quelqu'un, il avait eu la confirmation que l'intruse n'essayait pas de cacher sa présence. Il n'avait donc plus eu aucune raison de cacher la sienne et était remonté du sous-sol.

La première image qu'il avait eue d'elle était son dos – son postérieur, plus exactement, magnifiquement mis en valeur par un jean moulant. Son haut sans manches dévoilait des bras toniques et bronzés. Ses longs cheveux pendaient librement jusqu'au milieu de son dos. Leur couleur brune avait des reflets blond cendré. Tout en elle brillait d'un éclat que seul l'argent pouvait acheter.

Il aurait pu la laisser partir, mais de récentes trahisons l'avaient rendu méfiant. Avait-elle dissimulé quelque chose – micros, caméras... – pendant qu'il était encore en bas ?

Lorsqu'elle s'était retournée, Jasper avait été frappé par sa beauté et l'intensité de ses yeux gris-vert. Elle arborait un air distant et condescendant, le genre qui avait encore le pouvoir de le titiller des années plus tard, alors qu'il n'était plus l'adolescent fauché qui rangeait les chariots sur le parking d'un supermarché.

Ensuite, elle n'en avait pas démordu : c'était *sa* maison ; elle lui avait même donné de tête l'adresse exacte. Alors, le cerveau de Jasper avait fait le lien avec une poignée de photos qu'il avait vues en ligne.

— Vienna ?

Elle se raidit. De la confusion passa dans ses yeux tandis qu'elle essayait de le situer ; de la méfiance, aussi.

— C'est Hunter qui vous envoie ? reprit-il. Il s'est passé quelque chose ?

Pourvu qu'il ne soit rien arrivé à leur bébé ! songea-t-il.

— C'est moi qui pose les questions, affirma-t-elle d'un ton hautain qui lui déplut. Qui êtes-vous ? Cette maison est censée être vide.

Elle hésita, comme si elle passait mentalement en revue les données qu'on lui avait fournies.

— Du moins, Hunter m'a dit qu'elle ne servirait plus de location de vacances. Est-ce qu'il sait que vous êtes ici ?

— Oui.

Jasper décida de rester prudent. Apprendre que l'intruse était la sœur de Hunter ne l'avait pas rassuré. Elle semblait sincèrement surprise que la maison soit occupée, et ignorer qui il était, mais elle pouvait ruiner ses plans.

— Vous travaillez pour lui ?

— Vous ne savez vraiment pas qui je suis ?

— Est-ce que je le demanderais si c'était le cas ?

Il nota à quelques menus signaux physiques qu'elle n'était

pas aussi sûre d'elle que ce qu'elle essayait de faire croire. Il passa la main sur ses joues rasées de près. Il avait hésité à couper sa barbe, mais était soulagé de constater que cela avait suffisamment modifié son apparence pour que Vienna Waverly ne le reconnaisse pas.

— Dites-moi d'abord pourquoi vous êtes ici. Êtes-vous avec quelqu'un ? Votre mari ? Quelqu'un d'autre ?

Un éclair d'indignation traversa son expression. Elle avait compris le sous-entendu et n'aimait apparemment pas qu'on la soupçonne d'infidélité. Quelque chose de plus vulnérable lui succéda, peut-être une prise de conscience qu'elle était seule avec un inconnu, car elle leva le menton pour affirmer :

— Mon mari n'est pas loin. Vous devriez partir avant qu'il n'arrive.

— Ne me mentez pas, Vienna, dit-il d'un ton las. Je déteste les menteurs.

— Et moi je n'aime pas les gens qui prétendent me connaître alors que ce n'est pas le cas. Allez-vous me dire qui vous êtes et ce que vous faites chez moi ?

Elle était plutôt grande, possédait une silhouette élancée et féminine. Jolie. Sacrément jolie. Mais il avait payé cher pour apprendre que beauté extérieure et beauté intérieure ne coïncidaient pas toujours... Toutefois, qu'elle n'ait pas su qu'il était là et ne l'ait pas reconnu lui prouvait qu'elle ne travaillait pas pour REM-Ex.

— Je suis Jasper Lindor, le frère d'Amelia.

Elle sembla arrêter de respirer. Elle était tellement immobile que seuls ses cils frémirent tandis qu'elle le détaillait des pieds à la tête.

— Vous avez des preuves ? demanda-t-elle, tremblante. Amelia vous croit mort. Hunter ne lui aurait pas caché quelque chose d'aussi gros.

— Elle sait que je suis en vie. Notre père aussi. Je les ai vus.

Une fois. Une visite trop courte, à la fois réconfortante et déchirante.

— Je ne suis pas encore prêt à rendre publiques les raisons de ma disparition, poursuivit Jasper. Alors Hunter m'a laissé rester ici.

Il devina qu'elle essayait de décider si elle devait le croire. Qui entre eux deux s'engagerait le premier dans la voie de la confiance ?

— Mon passeport est à l'étage. Dois-je aller le chercher ?

— Non. Je vois la ressemblance, murmura-t-elle en le dévisageant minutieusement.

Elle inclina la tête, comme si elle se détendait enfin. Son ton se réchauffa.

— Est-ce la raison pour laquelle Hunter était si mystérieux à propos de cette maison ? Il ne m'a pas dit pourquoi ou pour qui il l'achetait.

Parce que Jasper avait un combat à finir de mener. Parce qu'il voulait obtenir justice. Et venger la mort de son ami, qui le hantait et l'empêchait de dormir. Parce que, pour mener sa vengeance à bien, il fallait que sa « résurrection » et son retour au Canada restent un peu plus longtemps secrets.

Mais il était trop tôt pour donner des explications à la sœur de son beau-frère.

— Pourquoi êtes-vous ici ? demanda-t-il sans prendre de gants.

Vienna s'assombrit, bouche pincée. Il aurait juré voir passer une lueur de souffrance dans son regard.

— Je veux prendre un peu de temps pour moi.

— Et vous avez choisi cette maison ? Parmi toutes celles que possède votre famille ?

— J'ai le droit de venir dans une maison qui m'appartient, non ?

Jasper ne savait que peu de choses sur elle, mais Vienna Waverly lui avait toujours semblé être l'archétype de l'héritière insipide, insignifiante et superficielle. Sur les photos, elle était toujours impeccablement vêtue de tenues classiques, arborait toujours le même sourire lisse, que ce soit lors d'une collecte de fonds, d'un banquet de remise de prix ou du mariage annulé de son frère. Elle n'avait pas de travail, pas d'enfants et menait une vie futile et frivole.

— Cette maison est occupée. Moi aussi, j'ai envie d'être seul. C'est pourquoi personne ne sait que je suis ici.

Elle croisa les bras et jeta un coup d'œil par-dessus son épaule, vers le 4x4 garé dans l'allée qu'il pouvait apercevoir à travers la véranda vitrée.

— Je ne serais pas venue, si j'avais su. Je ne peux aller nulle part ailleurs. On me reconnaîtrait et les paparazzis afflueraient comme des mouettes derrière un chalutier. Je me lance dans le dernier kilomètre d'un chemin pavé de honte pour tout Waverly : le divorce.

Elle fit une grimace amusée qui allégea ses explications. Jasper n'avait entendu que le mot « paparazzis ». Son pouls avait grimpé et lui battait les tempes à présent.

— Vous amenez des journalistes devant ma porte ? C'est une blague !

Elle rejeta sa chevelure en arrière d'un gracieux mouvement de tête, les yeux brillants.

— Ce n'est pas votre porte, c'est la mienne, lança-t-elle narquoise. Et j'ai pris mes précautions. Personne ne sait que je suis ici. Ce 4x4 est loué par Wave-Com, j'ai un téléphone jetable tel un baron de la drogue et mon équipe de relations publiques utilise une salle de discussion sécurisée. J'ai fait beaucoup d'efforts pour me protéger de la curée, et pour protéger Hunter, Amelia et Peyton. De toute façon, je refuse de me laisser clouer au pilori juste parce que ma présence vous dérange. C'est ma maison. Je reste ici.

Se battre pour contrôler sa propre vie était terrifiant, songea Vienna. Surtout face à un homme intimidant et magnétique comme Jasper Lindor.

Hunter ne l'aiderait pas s'il était dangereux, se rassura-t-elle. D'ailleurs, son frère lui avait juré que cette maison ne servait à rien d'illégal. Jasper n'était pas un fugitif qui cherchait à échapper à la justice, juste un homme contrarié par son intrusion.

— Nous sommes adultes, poursuivit-elle, d'un ton qu'elle voulait plus conciliant. Et de la même famille, désormais.

Elle lui sourit, car au fond elle était sincèrement heureuse de rencontrer le frère d'Amelia. Pourtant, étrangement, leurs regards se heurtèrent comme de l'acier contre de l'acier. Jasper restait fermé, désapprobateur, et il ne saisit pas la main qu'elle lui tendait. Le sentiment permanent d'insécurité de Vienna s'en trouva renforcé.

On ne veut pas de toi. Va-t'en !

Elle résista. Elle refusait de s'enfuir comme une lâche de sa propre maison.

— Je suis sûre que nous pouvons y arriver. Nous sommes tous les deux motivés pour garder secrète notre présence ici. L'endroit semble assez grand pour que nous puissions cohabiter sans nous gêner. J'ai même apporté mes propres provisions.

Il se contenta de lever un sourcil, sans sembler impressionné le moins du monde.

— Je ne reste qu'une semaine, insista Vienna, qui avait prévu d'assister à un mariage en Europe une fois l'onde de choc initiale passée. Je dois être vue en public au moins une fois avant que Hunter et Amelia ne reviennent. Je referai ensuite surface à Toronto pour qu'ils ne soient pas importunés chez eux à Vancouver. Ce n'est pas la première fois que je me retrouve au milieu d'un tourbillon de mauvaise publicité.

Il eut un petit rire qui ressemblait à un ricanement, mais ne répondit toujours pas.

— Je ne ferai pas de bruit. J'ai aussi apporté de quoi

travailler sur mes projets artistiques. Alors, vous allez vraiment refuser de me laisser rester ?

— On dirait bien que je n'ai pas le choix, si ? lâcha-t-il, sarcastique. *Mi casa es tu casa*.

2

Vienna sortit pour récupérer son sac et poussa un long soupir afin d'évacuer sa tension trop longtemps retenue. Quel grincheux !

Elle se demanda si elle avait pris la bonne décision en restant. L'attitude de Jasper était son pire cauchemar, elle qui avait grandi avec une belle-mère qui la tolérait tout juste.

C'est ma maison, se répéta-t-elle.

Elle se dit qu'elle devrait commencer à communiquer plus franchement avec son frère. Il avait traversé une période difficile avec un mariage annulé le jour même et la découverte concomitante de sa paternité ; elle n'avait donc pas voulu être une gêne pour lui. Elle n'avait jamais voulu être une gêne pour personne, mais presque tout le monde la traitait comme si c'était le cas.

Elle avait besoin de grandir et de s'affirmer. Elle devait cesser de s'inquiéter de ce que les autres pensaient d'elle et aller au bout de ce qu'elle désirait, sans honte ni culpabilité. Elle avait déjà parcouru pas mal de chemin, ce n'était pas le moment de laisser son courage l'abandonner.

Pourtant, lorsqu'elle retourna à l'intérieur et se retrouva sous le regard critique de Jasper, avec la sensation désagréable qu'il voyait clairement tous ses défauts, il lui fallut prendre sur elle pour déclarer :

— Je suppose que vous avez pris la chambre de maître. Je vais prendre une des chambres d'amis, ne vous inquiétez pas.

La tête haute, elle monta sa valise dans les escaliers. Elle la posa dans une chambre à coucher qui était séparée d'une autre par une salle de bains commune. Une brève exploration lui permit de découvrir un coin lecture sur le palier, puis elle jeta un coup d'œil dans la suite principale. Le décor bleu et jaune y était frais et lumineux. La pièce était dominée par un lit *king size* recouvert d'oreillers et de coussins. La lumière pénétrait par les portes vitrées qui donnaient sur un balcon, lequel offrait une vue imprenable sur l'océan.

À part un livre d'espionnage sur la table de nuit et une chemise en flanelle posée sur le dossier d'une chaise, la chambre paraissait inoccupée.

Lorsque Amelia évoquait son frère, elle le dépeignait comme un homme adorable et charmant. Sa disparition avait dévasté sa belle-sœur, mais maintenant que Vienna y pensait, l'humeur de celle-ci s'était récemment améliorée. Elle avait mis cela sur le compte de la lune de miel dans le Pacifique Sud que le jeune couple avait organisée ; or le changement s'était sans doute produit parce qu'Amelia avait appris que son frère était en vie. En tout cas, ce dernier ne ressemblait en rien à l'homme idéal qu'Amelia lui avait décrit. Il était aigri, bourru et dur.

C'est peut-être ce qu'il pense de toi, lui souffla une pernicieuse petite voix intérieure.

Depuis qu'elle avait suivi une thérapie, Vienna savait reconnaître les pensées autodestructrices quand elles apparaissaient. Elle chassa celle-ci et décida de descendre rejoindre Jasper au lieu de l'éviter en restant à l'étage.

Vienna constata que Jasper avait apporté la plupart de ses provisions à l'intérieur.

— Vous avez de quoi survivre une bonne année, voire deux si vous vous rationnez, ironisa-t-il en désignant les cartons, sacs et glacières.

— J'aime cuisiner, et je savais qu'ici j'aurais le temps.

Soudain, ce fut réel : elle allait partager la maison avec lui ! Cette perspective fit naître des papillons dans son ventre. Elle n'avait jamais été aussi consciente de la présence d'un homme. Pas de cette manière quasi animale. Elle avait souffert d'un mariage difficile, où les non-dits étaient la norme, et en tant que femme, elle ne s'était pas toujours sentie en sécurité en compagnie des hommes. Rien de tel avec Jasper, aucune sensation d'être en danger, même si la rudesse de celui-ci jetait du sel sur ses anciennes plaies narcissiques. Elle avait de nouveau l'impression que chaque mot ou acte pouvait être un énorme faux pas. Or, comme son frère était marié à la sœur de Jasper, elle se sentait obligée de faire des efforts pour s'entendre avec lui.

Ne fais pas de vagues, Vienna.

Elle s'était toujours donné pour mission de mettre les autres à l'aise, quoi qu'il lui en coûte. Elle reprit cette habitude lorsque Jasper revint du 4x4 avec les derniers cartons :

— J'avais prévu de cuisiner du flétan ce soir. Il y en a assez pour deux.

Il posa les cartons dans un coin de la cuisine. Sa force tranquille était fascinante, mais la façon dont il la regardait, comme s'il cherchait un point faible, maintenait un mur de tension entre eux.

— Je croyais que nous devions rester à l'écart l'un de l'autre.

Il entreprit de ranger les provisions dans les placards.

— Nous sommes de la même...

Elle s'apprêtait à employer le mot « famille », mais se retint.

— Nous sommes presque beau-frère et belle-sœur, reprit-elle. Nous devrions apprendre à nous connaître.

Peut-être qu'alors elle cesserait de marcher sur des œufs.

— Je sais qui vous êtes, Vienna.

Offensée par cette remarque lapidaire, elle se hérissa instantanément. Pourtant, elle avait l'impression douloureuse d'être transparente. Comment pouvait-il prétendre savoir quoi que ce soit sur elle alors qu'elle-même n'avait aucune idée de qui elle était ?

— Vraiment ? Comment ? Des racontars et des rumeurs en ligne, je suppose. Je vais donc ignorer ce que votre sœur m'a dit de vous et me contenter de croire ce que j'en ai lu.

Elle n'avait pas lu grand-chose, assez toutefois pour savoir qu'il avait été accusé d'avoir abandonné son travail et d'avoir causé la mort d'un homme. Amelia avait été très ferme sur le fait que c'était impossible, que cela ne ressemblait pas à son frère.

— Touché !

Qu'il reconnaisse ses torts n'atténuait en rien la tension qui maintenait Vienna dans l'inconfort. Et puis son avis ne lui importait pas – ne *devrait* pas lui importer...

Elle se mit à transférer des victuailles d'une glacière vers le réfrigérateur.

— Vous faites du pastel ? demanda Jasper. Vous êtes une artiste ?

Il tenait la grosse boîte de crayons qu'elle avait achetée spécialement pour travailler en extérieur. Elle peinait encore à dépasser le syndrome de l'imposteur et à se considérer comme une artiste, mais que cet homme puisse la considérer comme telle, et toucher son matériel, ne faisait qu'empirer les choses. Et étrangement même cela lui faisait mal.

— Non, je fais de la sculpture, plaisanta-t-elle. Le bruit du burin ne vous dérangera pas, j'espère...

Elle traversa la pièce pour lui prendre la boîte des mains et la placer avec le reste de son attirail de peintre au bout de la table de la salle à manger.

— Pas pendant que j'écoute du hard rock, répliqua-t-il avec humour. Bon, je vais rentrer votre voiture dans le garage.

Dès qu'il fut sorti, Vienna laissa échapper un profond soupir, puis elle finit de ranger les provisions.

— Y a-t-il un chemin qui mène à la plage ? demanda-t-elle

à Jasper lorsqu'il revint. J'aimerais me reposer un peu de mon voyage.

Et m'éloigner de cette atmosphère oppressante.

— Je vous y emmène. C'est envahi par la végétation. Vous pourriez vous perdre.

Formidable...

En ce mois d'août, le sol était sec et l'air chaud, mais sous les branches des arbres centenaires qui murmuraient dans la brise on profitait d'une ombre et d'une fraîcheur bienfaisantes.

Jasper parcourait ce chemin tous les jours. Il était assez facile à suivre, mais une citadine sans sens de l'orientation pourrait facilement s'égarer dans les fougères. La dernière chose dont il avait besoin en ce moment était que sa *belle-sœur* se perde dans les bois.

Pourquoi ce mot le dérangeait-il tant ? Il n'était même pas sûr qu'il définissait leur situation l'un par rapport à l'autre. Ils étaient liés par un mariage, donc un jour prochain, après avoir retrouvé son ancienne vie, il rendrait visite à sa sœur et à son bébé et croiserait le chemin de Vienna et de son mari...

Non, elle divorce, se souvint Jasper. C'était pour cette raison qu'elle était là : elle se mettait à l'abri en attendant l'annonce publique. Les sites *people* adoraient les ruptures de célébrités, mais Vienna Waverly n'en était pas une de l'acabit d'une pop star américaine. Il ne savait pas à quel point elle serait exposée, et ne pouvait pas se fier à ce qu'il avait lu à son sujet, puisqu'elle lui avait rappelé sans ménagement qu'on ne pouvait se fier aux rumeurs colportées par ces sites. En ayant lui-même été victime, il ne pouvait que ressentir une forme d'empathie avec elle.

Il s'arrêta un instant pour l'attendre et la regarda se frayer un chemin avec précaution le long d'un petit dénivelé, en s'accrochant à un jeune arbre. Esquiver les branches ou enjamber les racines était aussi facile pour lui que marcher sur un trottoir plat. Elle semblait sereine, d'autant plus séduisante que l'expression de son visage était douce.

— Qu'est-ce que ma sœur vous a dit à mon sujet ? demanda-t-il.

— Que tout ce qui était raconté en ligne était faux. Que vous êtes un type bien, que vous vous êtes occupé d'elle quand votre mère est morte et que vous lui avez appris à conduire, des choses comme ça. Elle a dit que vous auriez probablement tué Hunter à mains nues si vous aviez été là quand elle a appris sa grossesse.

— J'ai cru comprendre que notre père était prêt à le faire lorsqu'il a débarqué en plein milieu du mariage de Hunter.

Jasper ressentait toujours la culpabilité de ne pas avoir été là pour Amelia et de leur avoir causé une peine immense en disparaissant de la circulation.

— Tobias était plutôt furieux, en effet, acquiesça-t-elle avec un sourire étrangement mélancolique. C'est super que vous soyez si proches. Ça me rend envieuse.

— Hunter et vous n'êtes pas proches ?

— Pas de la même manière. Notre père s'est remarié. Hunter a été chargé de reprendre l'entreprise familiale, qui n'est pas exactement une épicerie de quartier. Cela lui prenait tout son temps, nous avons donc eu une éducation très différente l'un de l'autre.

— Vous ne travaillez pas pour Wave-Com ? s'étonna-t-il.

Il y avait forcément une place pour elle dans ce mastodonte de la communication.

— Non. Mais mon m... Neal, oui. Il est vice-président en charge des ventes et du marketing.

Il nota qu'elle avait failli dire « mon mari ». L'ex s'appelait donc Neal.

— Quand j'ai appris qui Amelia avait épousé, je n'en ai pas cru mes oreilles ! admit-il en se remettant en marche.

Il avait d'ailleurs été étonné que sa sœur se soit mariée tout court.

Jasper se trouvait au Chili, dans un village isolé posé au bord d'un affluent du rio Biobío, suffisamment hâlé pour passer pour un habitant de la région, lorsqu'un étranger était venu chercher « le Canadien qui séjourne dans les parages » ; il avait affirmé travailler pour le mari de sa sœur. Jasper lui avait opposé une fin de non-recevoir, mais l'homme était revenu le lendemain. Il avait alors raconté à Jasper une anecdote de l'enfance d'Amelia, que celle-ci n'aurait pas divulguée à quelqu'un en qui elle n'aurait pas eu confiance.

Cela faisait alors plus d'un an que Jasper était parti. Une année au cours de laquelle il n'avait fait que très peu de progrès dans son enquête. En plus d'être responsable de la mort de son ami, l'entreprise REM-Ex l'avait coupé de sa famille, de sa source de revenus et avait sali sa réputation. Il en avait perdu jusqu'à son identité.

Il avait pris le pari de faire confiance à cet étranger envoyé par Hunter. Il était monté à bord du jet privé et s'était renseigné sur le mari de sa sœur pendant le vol de retour vers Toronto.

— Hunter était sur le point d'épouser quelqu'un d'autre, lança-t-il à Vienna. Son union avec ma sœur ne ressemble pas vraiment à un mariage d'amour !

Cela le rongeait, même si Amelia lui avait semblé heureuse quand il l'avait vue.

— Hunter n'aurait pas laissé les choses aller aussi loin s'il avait su qu'il était père, affirma Vienna. Il ignorait l'existence de Peyton. Eden a aussi épousé quelqu'un d'autre depuis. Tout s'est arrangé pour le mieux.

— Pour moi aussi, déclara-t-il, ironique. J'ai eu un vol gratuit pour rentrer au Canada ! Mais je ne peux pas m'empêcher de penser qu'Amelia l'a épousé pour moi.

Jasper s'était toujours débrouillé tout seul. Il résolvait seul ses problèmes. Il ne comptait pas sur les autres. Cela l'exaspérait que sa sœur ait dû venir à son secours, et il ne pouvait s'empêcher de se demander ce que cela lui avait coûté.

— Ils se sont mariés pour Peyton, lui assura Vienna.

Les débuts ont été difficiles, mais je n'ai jamais vu Hunter aussi détendu qu'en présence d'Amelia et de leur petite fille. Je ne sais pas quel genre de père je pensais qu'il serait. Le nôtre était...

Elle s'interrompit. Il s'arrêta à nouveau et se retourna. Vienna paraissait pensive.

— Comment ? demanda-t-il.

Elle haussa les épaules.

— Hunter m'a toujours soutenue et s'est toujours soucié de mon bien-être, mais il est différent avec votre sœur et Peyton. Il est très ouvert, aimant, je ne l'ai jamais vu comme ça. C'est mignon.

Son expression s'adoucit, puis s'illumina en découvrant l'endroit où les arbres s'ouvraient sur la plage. Elle poussa un cri de ravissement.

— Je commençais à me demander si ça valait le coup de crapahuter, mais c'est magnifique !

Elle mit sa main en visière sur son front pour se protéger les yeux et scruta l'anse formée par un bras de terre arboré qui s'étendait vers le sud. Devant eux émergeait une petite île avec trois arbres, juste assez éloignée pour rester inaccessible à pied, même à marée basse. Le ciel était d'un bleu intense, le soleil scintillait à la surface de l'eau, illuminant l'écume des vagues. Le sable était d'un gris granitique, jonché de varech. Le paysage était vierge de toute présence humaine.

À la grande surprise de Jasper, Vienna semblait envoûtée. Il aurait cru qu'elle était du genre à préférer les plages privées de sable blanc des *resorts* de luxe. Il fut gagné par un sentiment de paix, de plénitude. Il était d'un tempérament solitaire et s'était attaché à ce petit coin de paradis ; toutefois, s'il devait le partager, il était heureux que ce soit avec quelqu'un qui l'appréciait aussi à sa juste valeur.

Elle tourna la tête vers lui et s'aperçut qu'il la fixait. Sur son beau visage, la joie insouciante fut remplacée par une sorte de perplexité soucieuse. Jasper détourna le regard en se réprimandant. *Pas elle !*

Vienna perçut la tension électriser le silence tandis qu'ils marchaient sur le sable. Sa sensibilité artistique se délectait de la caresse de la brise, du grondement de l'océan, des arômes de la végétation, des odeurs marines, des jeux de lumière. Elle aurait voulu ôter ses chaussures pour sentir le sable sous ses pieds. Elle aurait voulu peindre les ombres et les angles du visage de Jasper, les lignes et les courbes de son corps.

Durant quelques déstabilisants instants, lorsqu'ils étaient parvenus sur la plage, elle s'était sentie remarquée. Vue. *Vraiment* vue.

Le monde extérieur ne voyait d'elle qu'une version édulcorée, celle qu'elle voulait bien montrer. Elle se cachait derrière des manières parfaites et de beaux vêtements, un maquillage impeccable et des cheveux soigneusement coiffés. Cette image lisse, qui était celle, pensait-elle, que les gens attendaient, protégeait ses pensées et ses sentiments. Elle était l'héritière de Wave-Com ou la femme de Neal Briggs. La sœur de Hunter Waverly ou la tante de Peyton. Elle détestait devoir jouer tous ces rôles. C'était épuisant. Mais être elle-même, se mettre à nu, lui faisait tellement peur…

La beauté sauvage de cette plage vide avait fait tomber ses masques et barrières. Pendant ces secondes vibrantes, elle avait simplement existé en tant que partie du monde. Elle s'était sentie vivante, puissante et même belle, également grâce aux marques, plus ou moins visibles, que le temps avait laissées en elle, exactement comme cette plage était belle aussi grâce à ce que l'océan avait rejeté – bois flotté, coquillages, algues…

Elle s'était alors rendu compte que Jasper l'avait scrutée pendant ce moment d'abandon. L'utiliserait-il contre elle ? S'en servirait-il pour la blesser et la rabaisser ?

Ils atteignirent une sorte de crique. S'ils voulaient continuer leur marche sur la grève, il leur fallait traverser un petit bras de mer et progresser avec de l'eau jusqu'aux genoux.

— Un autre jour, dit Vienna.

Ils revinrent alors sur leurs pas. Elle observa subrepticement Jasper qui marchait à grandes enjambées à côté d'elle. Il semblait sur ses gardes en permanence, le regard toujours en mouvement. Mais il n'admirait pas la beauté des vagues qui s'écrasaient sur les rochers dans des éclaboussures de mousse qui rappelaient celle du champagne, ni le vol majestueux d'un aigle pris dans un courant ascendant. Il était vigilant, ce qui décuplait la tension de Vienna.

— Depuis combien de temps êtes-vous ici ? demanda-t-elle.
— Un mois.

Avant cela, il avait disparu pendant un an, se souvenait-elle. Si Amelia n'avait pas appris qu'elle était enceinte, elle serait allée au Chili pour le retrouver. Elle avait deviné qu'il y avait quelque chose de louche dans le fait que les employeurs de Jasper avaient prétendu qu'il était mort tout en refusant de payer son assurance-vie.

— Vous protégez votre famille en restant caché, c'est ça ?
— C'est une des raisons, oui.
— Suis-je en danger en demeurant ici ?
— Pas si personne ne sait que nous y sommes.

Elle leva la main comme pour prêter serment.

— Seulement mon avocat, je le jure. Si j'en avais parlé à Hunter, il m'aurait dit que ce n'était pas l'endroit idéal pour attendre que les choses se tassent.

— Il ne sait pas que vous allez divorcer ?

Vienna grimaça. Elle avait craint que son frère n'essaie de l'en dissuader.

— J'ai pensé que mon mari devait être le premier à savoir. Je sais, c'est un peu vieux jeu, ajouta-t-elle avec ironie. Une fois qu'il aura reçu les papiers, je le dirai à Hunter.

— Votre mari n'est même pas au courant ? s'étrangla Jasper. C'est vache !

Elle s'arrêta net.

— Vous ne savez rien de ma vie ! jeta-t-elle, glaciale.

C'était elle qui était vache ? La bonne blague ! Neal était incapable d'offrir la moindre chaleur humaine. Cette insensibilité l'avait conduite à mettre un terme à son mariage dont l'avenir ne pouvait être que sombre.

Jasper s'arrêta deux pas devant elle. Vienna pria de toutes ses forces pour que ses yeux ne se remplissent pas de larmes de rage et que ne resurgisse pas ce sentiment d'humiliation qui avait été son compagnon pendant toutes ces années. Hélas ! le soupçon profond et horrible qu'elle était peut-être responsable du manque d'amour de son mari était toujours vivace, prêt à l'étouffer.

— Vous avez raison, concéda Jasper. J'ai dépassé les bornes. Pourquoi et comment vous divorcez ne me regarde pas.

Tant de compréhension, inattendue de surcroît, lui fit monter les larmes aux yeux. Jamais Neal ne lui avait offert quelque chose de seulement approchant. Les fois où elle avait, du bout des lèvres, osé évoquer une séparation, son mari avait coupé court : « Ne sois pas ridicule, Vienna. Et mes sentiments, tu en fais quoi ? »

Craignant de s'effondrer complètement, elle baissa la tête et passa devant Jasper sans un mot.

Bravo, Jasper ! Tu as admirablement géré la situation !

Il ressassait sa maladresse en suivant Vienna, qui avançait d'un pas décidé. Il savait que dans ce monde les femmes étaient plus vulnérables que les hommes ; parce qu'elles étaient vulnérables *aux* hommes. Même les femmes trophées, panier dans lequel il avait cru pouvoir la ranger, celles qui semblaient heureuses d'utiliser leur physique pour faire leur pelote, étaient souvent réduites à l'état d'objets et victimes du sexisme.

Il avait entendu dire que le mariage de Vienna avait été abusif. Il était sincère quand il lui avait dit qu'il n'avait pas le droit de juger sa manière d'en sortir. En la voyant se déplacer avec la grâce d'une gymnaste, il comprit soudain pourquoi il se comportait comme un rustre et un idiot avec elle : il essayait de la tenir à distance.

Ils avaient atteint l'entrelacs de bois flotté et de troncs morts qui marquait la frontière entre la plage et la forêt. Elle grimpa sur un tronc et se déplaça en équilibre, passant de l'un à l'autre tout en remontant vers le sentier. Elle ne se retourna pas une seule fois, ce qui lui montra à quel point il l'avait agacée.

Elle avait presque atteint le sentier qui menait à la maison lorsqu'elle glissa sur un tronc poli par le vent et les vagues. Elle perdit l'équilibre et resta un instant suspendue en l'air, agitant les bras, sur le point de tomber en contrebas sur un amas de bois sec et tordu. Sans réfléchir, Jasper bondit pour la rattraper. Il la bloqua contre son corps le temps qu'elle retrouve son équilibre.

Ces quelques secondes – moins de cinq – durant lesquelles il sentit ses fesses fermes pressées contre son pubis le marquèrent au fer rouge.

Au pire, il s'attendait à des remerciements à contrecœur, mais lorsqu'il la relâcha et qu'elle se retourna vers lui, elle arborait une expression étonnée et démunie. Son regard le parcourut comme si elle le voyait pour la première fois ; comme si elle voyait à travers ses vêtements et touchait sa peau. Ou qu'elle en avait envie...

Il y avait une lueur sexuelle dans son regard, ainsi que de l'émerveillement. Cela lui fit l'effet d'un délicieux coup de poing dans l'estomac.

Il était assez expérimenté pour savoir quand il plaisait à une femme. Or tout en elle le séduisait, de ses cheveux lâchés qui brillaient sous le soleil à ses lèvres délicates dont il avait envie de goûter la douceur.

Bon sang, il voulait embrasser cette bouche ! Il voulait poser les paumes sur les courbes harmonieuses de cette silhouette délicate et les caresser ! Une force mystérieuse émanait de Vienna Waverly et appelait Jasper vers des contrées lumineuses, l'attirait comme une flamme dans la nuit. Une invitation.

Ce n'est pas de l'infidélité si elle est divorcée, lui fit remarquer une diabolique petite voix intérieure.

Cela pourrait arriver. Ils pourraient...

Mais Vienna coupa court à ses divagations : elle rougit, l'air mortifié, puis bondit sur le sentier, qu'elle remonta à toute allure vers la maison.

C'était sans doute mieux ainsi. Une liaison avec elle était une très mauvaise idée.

3

Vienna avait toujours trouvé dans l'art un moyen de s'évader. Son seul véritable souvenir de sa mère était l'enterrement de celle-ci. Pas la cérémonie, mais juste après, lorsqu'une de ses tantes lui avait donné un livre de coloriage et des crayons de couleur.

Tandis que la famille et les invités, vêtus de sombre, se recueillaient entre sanglots et murmures dans une ambiance pesante, elle avait gribouillé de l'orange et du bleu sur des taches de violet et de vert pâle. Elle était trop petite pour connaître les couleurs et Hunter lui avait patiemment lu les étiquettes jusqu'à ce qu'elle parvienne à les distinguer.

Aujourd'hui encore, elle continuait à explorer les couleurs et les motifs lorsqu'elle était perturbée. Assise sur la terrasse de la cuisine, dissimulée derrière l'un de ses nouveaux carnets de croquis, elle traçait des lignes douces, équilibrait le jaune citron et le vert fougère. C'était plus qu'un effort pour créer de l'ordre quand elle perdait le contrôle de son existence : il s'agissait de trouver le côté positif des difficultés et du désordre. D'en faire jaillir la beauté.

Compte tenu des épreuves qu'elle avait traversées, elle devrait déjà avoir plusieurs expositions à son actif. Malheureusement, elle n'avait pas pris ses pastels chaque fois qu'elle avait été négligée par son père, humiliée par sa belle-mère ou déçue par son mari. Le plus souvent, elle avait canalisé son énergie émotionnelle pour tâcher de s'améliorer, car son manque de confiance en elle lui avait toujours fait penser que c'était elle-même qui était fautive – sinon tous ces gens l'auraient mieux traitée, non ?

Ainsi, elle avait appris à utiliser une palette de maquillage pour paraître plus jolie, à accessoiriser une robe haute couture avec le bon sac à main de créateur et des bijoux personnalisés afin de paraître plus présentable. Elle pouvait créer des compositions florales, organiser une fête parfaite et passer outre la propension de sa belle-mère à transformer n'importe quelle occasion en bouffonnerie. Elle avait appris à décorer son intérieur de manière que les gens pensent qu'elle y menait une vie parfaite digne d'un magazine, même si c'était loin d'être le cas.

Pourtant, elle ne savait pas comment occulter ce qu'il s'était passé sur la plage.

Son pied avait glissé. Elle avait été distraite parce qu'elle était déjà perturbée de cent façons différentes par Jasper, et lorsqu'il l'avait retenue, quelque chose s'était déclenché en elle. Sa peau s'était éveillée, était devenue tellement sensible qu'elle avait eu la sensation qu'il tatouait ses empreintes digitales sur son bras.

Sa libido, qui n'avait jamais été très vivace et avait sombré dans un véritable coma pendant son mariage, s'était réveillée en un clin d'œil. Ses poumons avaient aspiré l'air comme si elle avait été trop longtemps sous l'eau. Sa sensualité brutalement électrisée l'avait attirée vers Jasper – une attraction naturelle et magnétique d'une force inouïe.

Il l'avait relâchée, lentement, en veillant à ce qu'elle garde son équilibre. Mais son monde avait déjà basculé sur son axe. Elle avait compris que ne pas être mariée signifiait que le torse puissant d'un homme n'était pas seulement digne d'être admiré objectivement avec un œil d'artiste, que cela pouvait être attirant dans une perspective plus physique, plus charnelle.

Il était si proche d'elle alors qu'elle avait eu envie de poser les mains sur ses pectoraux et d'explorer son corps. Cette explosion de sensualité lui avait fait l'effet d'un sortilège. Alors qu'elle levait les yeux vers lui, elle avait été hypnotisée par les reflets d'argent en fusion dans ses yeux bleus.

Son cœur avait basculé. L'air chargé entre eux avait crépité, rendant les couleurs plus vives, le son des vagues plus présent. Lorsque le regard de Jasper s'était posé sur sa bouche, il y avait laissé une sensation aussi vive qu'une piqûre d'abeille.

C'est cela, le désir, avait-elle réalisé, en pleine confusion.

Ironiquement, elle l'avait identifié parce qu'elle n'avait jamais rien ressenti de tel auparavant. Elle avait toujours été convaincue que les films et les livres exagéraient les réactions d'excitation, mais ce flot de chaleur et cette conscience soudain aiguë de son corps correspondaient exactement aux descriptions qui l'avaient laissée si dubitative. Un feu s'était allumé en elle, un feu qui avait engourdi sa volonté et l'avait maintenue fermement prisonnière de l'instant présent.

Durant ces secondes hors du temps et de toute rationalité, elle avait désiré sa bouche, ses caresses, le caresser en retour, entendre sa voix lui murmurer des mots interdits ; elle avait désiré sentir son odeur mâle et son corps contre le sien. Elle avait désiré le poids de son corps sur le sien et ses poussées viriles en elle.

Lentement, le coin de sa bouche s'était relevé, comme s'il anticipait le plaisir. Ce mouvement presque imperceptible avait envoyé une nouvelle onde de chaleur dans ses veines. Puis la panique lui avait serré sa gorge. *Il sait ce que tu ressens !*

Elle s'était détournée et dépêchée de revenir à la maison, mais il n'y avait pas d'échappatoire. Elle pouvait essayer de se perdre dans ses différentes teintes de bleu et de jaune, il finirait par la rattraper...

Un bruit de porte la tira de ses pensées. Son cœur manqua un battement. *Il arrive !* songea-t-elle, paniquée. Elle s'en voulut aussitôt pour cette réaction puérile : elle avait enfin décidé de prendre sa vie en main, et elle allait se laisser distraire par un béguin comme une adolescente ?

Heureusement, Jasper ne fit pas son apparition. Vienna se souvint alors qu'elle avait vu des haltères au sous-sol, et qu'elle avait eu l'impression d'interrompre sa séance d'entraînement en arrivant. Lorsqu'elle réalisa qu'il restait en bas, elle se détendit et se replongea dans son dessin. Son objectif pour ce voyage était d'effectuer un portrait de Peyton pour Hunter et Amelia, mais elle voulait réaliser quelques travaux préparatoires à partir de photos avant de se lancer. Bientôt, elle fut si absorbée par ses nuances de couleur et d'épaisseur de traits qu'elle en oublia Jasper Lindor et le reste du monde.

Vienna leva la tête intriguée par un bruit d'eau venu de l'étage. Une douche, comprit-elle.

Jasper était nu juste au-dessus d'elle ?

N'y pense même pas !

Elle le fit, pourtant. Elle ferma les yeux malgré elle, et son imagination d'artiste fit naître une image vivante de la mousse dans les poils du torse de Jasper, descendant le long de son abdomen, puis dans le pli entre sa cuisse et...

Non !

Elle repensa alors à la façon dont elle avait laissé son désir transparaître, sur la plage. Elle avait envie d'enfouir sa tête dans ses bras et de pleurer tant elle avait honte. Quelle idiote ! Déjà qu'il l'avait déstabilisée en reconnaissant qu'il l'avait jugée de manière un peu trop hâtive et injuste... Maintenant que ces sentiments stupides avaient été réveillés, elle ne pourrait plus jamais les cacher.

La douche s'arrêta.

Seigneur, il serait bientôt là ! Elle se força à se concentrer de nouveau sur son dessin. Elle y parvint tant et si bien qu'elle sursauta lorsque la porte s'ouvrit à côté d'elle.

— Je commence à préparer le dîner, annonça Jasper. Voulez-vous un verre de vin ?

Ces mots n'avaient aucun sens. Elle était désorientée. Jasper allait-il se moquer d'elle, même d'un regard, et la faire se sentir ridicule pour avoir réagi de façon excessive ?

— Vous... vous cuisinez ? bredouilla-t-elle.

— Sauf si vous préférez le poisson cru, mais je ne suis pas spécialiste des sushis. Je ne prendrais pas le pari, à votre place, plaisanta-t-il.

— Heu... Oui, bien sûr. D'accord pour le vin, merci.

Elle avait à peine rassemblé ses pensées, et encore moins son matériel, lorsqu'il revint avec du vin couleur paille dans un verre sans pied. Il le posa sur la table et se détourna pour allumer le barbecue à gaz.

— Vous voulez de l'aide ? proposa-t-elle.

— Non. Vous êtes occupée.

Elle jeta un coup d'œil à son croquis, le jugea sans importance, puis se reprit : si c'était important *pour elle*, alors c'était important tout court. C'était du moins ce qu'avait souligné sa thérapeute. Pourtant, ses pastels ne l'intéressaient plus guère alors qu'elle pouvait admirer Jasper.

— Qu'est-ce que vous faites pendant votre séjour ici ? J'ai vu votre ordinateur portable, donc je suppose que vous travaillez à distance.

— Cela dépend de votre définition du travail.

Jasper déposa le poisson sur le barbecue, dont il referma le couvercle pour une cuisson à l'étouffée. Il prit le temps de se décapsuler une bière avant de poursuivre :

— Une partie de mon « travail » consiste en des recherches et des rapports qui me serviront une fois que j'aurai blanchi mon nom et que je pourrai reprendre ma vie. J'ai rassemblé des preuves et mis en place d'autres choses dans ce but. J'attends surtout qu'un certain individu quitte les eaux internationales et revienne chez lui pour qu'il soit arrêté et réponde de ses actes.

— Qui ?

— Orlin Caulfield. Le président de REM-Ex. S'il apprend que j'ai quitté le Chili et que je le traque, il restera là où il est, donc hors de portée de la justice.

— Qu'a-t-il fait ?

Il but une gorgée de sa bière et fixa les arbres, ce qui donna à Vienna l'occasion d'admirer son profil de statue antique. Le silence s'étira tant qu'elle crut qu'il n'allait pas répondre.

— Il a commencé par m'embaucher sous un prétexte. Puis il a fait tuer mon interprète et a essayé de m'en rendre responsable.

Ses traits se crispèrent. Il semblait souffrir. S'en voulait-il, même s'il n'était pas responsable ? Vienna avait une boule au ventre.

— Oh ! C'est tragique ! Je suis vraiment désolée...

— Saqui m'aidait à travailler avec les Mapuches. C'est ainsi que j'ai appris les dégâts environnementaux que REM-Ex avait déjà causés. J'avais été engagé pour suivre un nouveau projet, mais j'ai fait part de mes préoccupations concernant ce que j'avais entendu, puis je suis allé voir la vallée incriminée de mes propres yeux. Voilà pourquoi ils affirment que j'ai quitté mon chantier, alors que j'essayais d'aider l'entreprise à anticiper une crise. J'étais en train de rédiger un plan pour nettoyer leur gâchis, mais ils m'ont répondu : « Quel gâchis ? »

— La corruption venait de l'intérieur de l'entreprise ?

— Exactement. Le glissement de terrain qui a tué Saqui a été provoqué. Quelqu'un a déclenché une charge. Je veux croire qu'ils essayaient seulement de cacher leur crime, pas de commettre un meurtre, mais quoi qu'il en soit, Saqui est mort.

Il se passa la main sur le visage, visiblement encore torturé par cette histoire. Vienna ressentait profondément sa douleur. Elle aurait voulu se lever et le serrer dans ses bras. Mais une sorte de mur invisible autour de lui l'en empêchait.

— J'étais censé être là avec lui. J'étais allé en ville pour envoyer des photos et un rapport sur ce que j'avais vu. Saqui voulait rester pour prendre d'autres notes. Le site était à des kilomètres, mais je sais à quoi ressemble le bruit de la dynamite quand elle fait tomber la moitié d'une montagne. Sur place, les équipes de secours ont bloqué la route et n'ont pas voulu me laisser voir la scène. Je suis allé trouver la famille de Saqui, en espérant qu'il réapparaîtrait. J'étais assis dans leur cuisine quand les gens de REM-Ex ont appelé pour dire que leur fils avait été pris dans les décombres et que j'étais responsable. Ils ont dit que si je n'avais pas été emporté avec lui je serais arrêté pour négligence et homicide involontaire.

— C'est abject !

— Oui. Mais vu qu'ils avaient décidé de jouer à ce petit jeu, je ne pouvais pas risquer d'être arrêté. Comment diable aurais-je pu laver mon honneur depuis une cellule de prison ?

— Vous avez fait croire que vous étiez vous aussi mort ?

— Pas par choix. Les premiers jours, j'étais dans la brousse, pour éviter d'être arrêté, mais j'avais donné le document que j'avais rédigé à la sœur de Saqui. Elle l'a apporté à des journaux, mais REM-Ex a fait étouffer l'affaire en affirmant que tout était faux, une mauvaise blague, et que d'ailleurs je n'avais pas pu écrire ces lignes parce que j'étais mort. C'était un coup de génie de leur part, car si j'avais essayé de passer une frontière ou de prendre l'avion, j'aurais été repéré tout de suite. C'était horrible de savoir que mon père et Amelia me croyaient mort, mais comme REM-Ex avait déjà tué Saqui, j'ai pensé que c'était plus sûr pour eux. Jamais je n'aurais imaginé que cela durerait un an.

Vienna avait été dénigrée de bien des façons, mais jamais accusée d'un crime. Elle avait du mal à se représenter ce que signifiait un tel degré de persécution.

— Qu'avez-vous fait ? Où êtes-vous allé ?

— La famille de Saqui veut que justice soit faite, tout comme moi. J'ai séjourné chez certains de ses proches, travaillant dans leur ferme pendant que nous essayions d'amener la police à enquêter. Mais REM-Ex a d'énormes moyens. Ils ont mené une campagne de diffamation dans tout le pays, allant même jusqu'à m'accuser de crimes environnementaux, des faits qui se sont produits avant même que je ne mette les pieds au Chili ! Je craignais d'utiliser mes comptes bancaires, de peur qu'ils ne remontent jusqu'à moi. Je ne voulais pas mettre en danger la famille de Saqui ni la mienne. Je ne pouvais pas me permettre de sous-estimer les réactions de REM-Ex. Ils sont aux abois et je suis le bouc émissaire parfait.

— Mais maintenant, vous pouvez enfin faire arrêter le responsable ? Comment ?

— Mon plan est confidentiel, dit-il d'un ton lugubre. Sans vouloir vous offenser, je ne veux pas que vous risquiez de faire échouer ma seule chance d'attraper le salaud qui essaie de me piéger.

Jasper se réveilla à 2 heures du matin. En érection. C'était normal, se dit-il, naturel, surtout pour un célibataire partageant son espace vital avec une femme aussi désirable que Vienna Waverly.

Celle-ci n'avait pourtant rien fait pour le stimuler. Au cours du dîner, ils avaient évoqué des sujets légers comme le climat au Chili et la dernière saison d'une série qu'ils avaient tous les deux regardée en boucle.

Il avait essayé de prendre mentalement du recul après avoir parlé de Saqui. La sincère empathie de Vienna avait ouvert la porte à sa colère et à son chagrin, et il ne pouvait s'empêcher de penser qu'elle s'était glissée dans la même brèche pour toucher ses émotions. Cela avait été suffisamment troublant pour qu'il cherche à prendre de la distance après le dîner : il avait branché ses écouteurs et vérifié ses achats masqués d'actions REM-Ex.

Peut-être avait-elle ressenti le même besoin, car elle était montée à l'étage et n'en était descendue qu'une fois pour une tasse de thé avant de se coucher.

Ne pas la voir ne signifiait pas qu'il n'était pas conscient de sa présence. Elle était encore dans ses pensées lorsqu'il s'était glissé entre ses draps. Cela aurait dû être un changement bienvenu par rapport aux conversations avec Saqui qu'il se rejouait tous les soirs avant de s'endormir, se demandant sans relâche comment il aurait pu éviter le drame, mais il s'était tourné et retourné dans un état d'intense excitation. Et quand il s'était enfin assoupi, elle avait hanté ses rêves, se jetant dans ses bras au lieu de s'enfuir.

Qu'avait-elle de si spécial ? Il avait passé de longues périodes sans compagnie féminine, avait vécu seul, souvent dans la nature, pendant des semaines d'affilée. Par choix. Il venait d'une famille très unie, mais au fond il était un loup solitaire.

Il avait des relations, bien sûr, mais elles dépérissaient immanquablement à cause du travail qu'il avait choisi. Il n'avait encore rencontré aucune femme désireuse de vivre seule en attendant qu'il rentre à la maison.

De toute façon, il n'était pas prêt à s'attacher. À qui que ce soit. Saqui Melilla avait été sa première amitié proche depuis longtemps. D'ailleurs, Jasper n'avait pas vraiment eu le choix : l'humour et la personnalité joyeuse de Saqui attiraient les gens, et il aimait inviter ses amis à manger avec sa famille.

Jasper s'était reconnu en ce jeune homme ambitieux et désireux d'apprendre. Il ne pouvait s'empêcher de se haïr pour l'avoir engagé. Il l'avait indirectement entraîné dans une aventure qui lui avait coûté la vie. La culpabilité de ne pas avoir vu le danger, et surtout de ne pas avoir insisté pour que Saqui vienne en ville avec lui ce dernier jour, était implacable. Mais, de tous les minéraux uniques qu'il avait ramassés au fil des ans, aucun n'était une boule de cristal. Il savait qu'il n'avait pas causé la mort de Saqui.

La famille de son ami, de simples paysans, n'avait pas les

moyens de demander justice ni réparation. Le mieux que Jasper avait pu faire pour eux avait été de les aider à obtenir le paiement de l'assurance-vie qu'il avait contractée pour Saqui par l'intermédiaire de sa société. De toute façon, les Melilla ne voulaient pas d'argent. Ils voulaient retrouver leur fils. Voir à quel point ils étaient dévastés et à quel point Saqui leur manquait avait rongé l'âme de Jasper.

Voilà aussi pourquoi il menait une vie solitaire : le chagrin de perdre un proche était inhumain.

Un craquement de parquet lui fit lever la tête. Il vit apparaître un faible rai de lumière sous sa porte. Il rejeta les draps et passa son short par-dessus son caleçon.

Lorsqu'il ouvrit la porte, le couloir était vide. Une lampe brillait dans le coin lecture. Vienna était agenouillée devant la bibliothèque. Elle leva les yeux vers lui. Et s'immobilisa, tout comme lui. Aucun d'eux ne semblait respirer.

La lumière de sa lampe et sa chemise de nuit couleur bouton-d'or enveloppaient Vienna d'un halo doré. Jasper détourna les yeux de la dentelle qui plongeait entre ses seins et de la soie froncée qui les enveloppait délicatement.

— Qu'est-ce que tu fais ? demanda-t-il après s'être raclé la gorge.

Il se rendit compte qu'il l'avait tutoyée sans l'avoir décidé. Elle ne releva pas et brandit un roman d'amour.

— Je n'arrivais pas à dormir et j'ai vu ça tout à l'heure.

Ainsi, elle non plus ne parvenait pas à dormir... Pour la même raison que lui ? se demanda-t-il. Il ne pouvait s'empêcher de s'imaginer embrasser son épaule nue.

— J'ai oublié d'emporter des livres.

Il appuya son épaule contre le mur.

— Celui avec le vampire est correct. Le duc est rébarbatif. Le pirate est obscène.

— Ah bon ?

Cela sembla pourtant éveiller son intérêt. Elle reposa le

roman historique sur l'étagère et se saisit du roman érotique de cape et d'épée.

— Je ne m'attendais pas à ce que tu lises des romans d'amour, dit-elle.

Qu'elle le tutoie à son tour envoya une giclée d'adrénaline dans les veines de Jasper. Jamais l'emploi de la deuxième personne du singulier ne lui avait semblé aussi érotique...

— Je ne dors pas bien. J'ai lu tout ce qu'il y avait dans cette maison pour essayer de trouver le sommeil. Ça a failli marcher avec un livre pour enfants que j'ai trouvé à la cave, l'histoire d'une chenille affamée. Mais la fin était trop excitante.

Elle rit et se leva. Sa chemise de nuit ne descendait que jusqu'en haut des cuisses. Jasper retint un gémissement.

— Je suis désolée que tu souffres d'insomnie, dit-elle d'un ton doux, le regard inquiet. C'est le stress ? À cause de tout ce que tu as vécu ?

— Oui.

Il était épuisé. Pourri de fatigue jusqu'à la moelle. Il mourait d'envie de lui demander du réconfort.

— J'essaierai de ne pas me lever la nuit, pour ne pas te perturber, déclara-t-elle.

Ne pas me perturber ? songea-t-il tandis qu'elle retournait dans sa chambre et en fermait la porte. *C'est déjà trop tard...*

4

Choisir le livre érotique avait été une énorme erreur.

Vienna luttait déjà contre son attirance pour Jasper, qui l'avait empêchée de dormir. Avant même de s'agenouiller non loin de sa porte comme une concubine, des pensées torrides dont il était le personnage principal lui traversaient l'esprit. Elles avaient été rendues encore plus indécentes par la lecture des premiers chapitres du livre qu'il lui avait recommandé par élimination. Savoir qu'il avait lu les scènes provocantes qu'elle lisait lui avait fait l'effet d'avoir sous les yeux une lettre d'amour érotique.

Très vite, elle avait dû le refermer en étouffant un gémissement de désir dans son oreiller, car elle se projetait beaucoup trop dans l'histoire. Jasper la retenait captive. Pour rester en vie, elle devait lui prodiguer des soins très spéciaux, comme s'agenouiller sur un coussin devant lui, qui baissait alors son pantalon... Ensuite, après l'avoir fait mettre à quatre pattes, il se positionnait derrière elle et la pénétrait longtemps, les mains agrippées à ses hanches.

Elle avait définitivement renoncé au sommeil lorsqu'elle avait vu la lumière du jour percer entre les rideaux.

Elle était dehors sur la terrasse, faisant de son mieux pour tenir à distance ses fantasmes lascifs grâce au dessin, absorbée par son travail, lorsque Jasper lui proposa une autre tasse de café. En le voyant debout dans l'embrasure de la porte, la cafetière à la main, impossible, elle frissonna d'excitation. Seigneur... Sa réaction à sa présence était si mortifiante !

— Oui, je veux bien, merci.

Il s'approcha et emplit sa tasse. Vienna essaya d'ignorer ses impressionnants biceps et les muscles de ses épaules qui se dessinaient sous son T-shirt blanc, ses cuisses d'athlète qui dépassaient de l'ourlet effiloché de son short en jean. Elle ne devait pas s'attarder sur sa peau bronzée, son cou, ses lèvres... Pourquoi diable fallait-il qu'il soit aussi *appétissant* ?

— Servez-vous de la quiche, lui proposa-t-elle. Sur la table de la cuisine.

— On ne se tutoie plus ? demanda-t-il, l'air amusé.

— Heu... si, si, bafouilla-t-elle en rougissant.

Elle n'en avait aucune envie, car cela ne ferait qu'instaurer une sorte d'intimité dans leurs échanges, mais comment refuser sans paraître stupidement coincée ?

Jasper retourna dans la cuisine et en revint avec sa propre tasse et une part de la quiche qu'elle avait préparée. Il s'installa sur une chaise en face d'elle. Son regard se posa sur le grand carnet de croquis qu'elle tenait à la main.

— Tu te concentres vraiment quand tu travailles, n'est-ce pas ?

— C'est pourquoi mes notes n'étaient pas terribles à l'école. Je commençais à gribouiller et, la minute d'après, tout le monde rendait une interrogation, et tout ce que j'avais, c'était une caricature du hamster de la classe.

Jasper désigna son carnet d'un mouvement de tête.

— Ça, ce n'est pas une caricature. C'est Peyton ?

Il avait vu ce sur quoi elle travaillait ? s'affola Vienna en inclinant le carnet contre sa poitrine.

— Je suppose que tu ne l'as pas beaucoup vue.

Cette pensée lui porta un coup au cœur. Elle regarda la page qu'elle avait remplie de différents profils et expressions de ce bébé si parfait. Serrer contre elle son petit corps qui gigotait était la joie la plus pure que Vienna ait jamais connue.

— Je l'ai tenue dans mes bras pendant quelques minutes la seule fois où je l'ai vue.

Vienna décela dans sa voix une note de... nostalgie ? mal du pays ? Impulsivement, elle arracha la page de son carnet et la lui tendit.

— Puisque tu n'as pas de photos d'elle...
— Signe ton œuvre d'abord.

À son grand dam, elle rougit à nouveau. Elle n'était pas une assez bonne artiste pour signer ses créations, pourtant elle griffonna son nom au bas de la feuille.

— Merci.

Il prit la page de croquis et l'étudia longuement. Chaque seconde qui passait renforçait le sentiment de malaise de Vienna. Trouvait-il son travail médiocre ? Franchement mauvais ? Elle préparait des justifications lorsqu'il lui demanda :

— Tu vends ton travail ?

Elle faillit éclater de rire et leva les yeux au ciel.

— Non. Je n'ai même pas terminé mon diplôme d'art.

— L'art, ce n'est pas comme la technologie. Il n'est pas nécessaire d'avoir un diplôme pour vendre son travail. Surtout quand on est aussi talentueux que toi.

Vienna se retint de répliquer que le talent était très subjectif.

— J'allais commencer ma troisième année quand je me suis fiancée. Tout le monde m'a dit : « Qu'est-ce que tu vas faire avec un diplôme d'art ? » Poursuivre dans cette voie me semblait... je ne sais pas... inutile. Alors j'ai abandonné.

— Hunter t'a dit ça ?

— Non. Il était le seul à m'encourager à persévérer, mais je pensais que Neal et moi allions fonder une famille tout de suite et qu'il était logique que je me concentre sur mon mariage. J'avais vingt ans. Qu'est-ce que je pouvais espérer d'autre ?

Elle avait caché sous un ton badin sa souffrance, encore vive, d'avoir tout plaqué pour Neal. Et pour quel résultat ? Pour une vie qui n'avait été qu'une parodie, une existence qu'elle avait cru désirer alors qu'elle n'avait fait que ce que l'on attendait d'elle – ou ce qu'elle pensait que l'on attendait d'elle.

— Combien de temps avez-vous été mariés ?
— Six ans. C'était plus un rapprochement économique qu'un mariage.

Vienna lui jeta un regard inquiet, s'attendant à ce qu'il la juge à nouveau. Mais il se contentait de la regarder avec une expression d'intérêt poli.

— Je n'ai pas le sens des affaires, au contraire de Hunter. Notre père ne voulait pas vraiment que je m'en mêle, de toute façon. Pour lui, l'entreprise familiale était un truc de mecs. Il était assez sexiste. Néanmoins, je pensais que si je me mariais pour le bien de l'entreprise, papa serait heureux.
— Il ne l'a pas été ?
— Pas particulièrement. Mais j'aurais dû le prévoir. J'aurais dû écouter Hunter et rester à l'école. Lui avait déjà un lien fort avec notre père. Pas moi, et j'en voulais un. Ce que je n'avais pas compris, c'était que papa n'en voulait pas. C'est ce que je voulais dire hier quand j'ai dit que mon frère et moi avions eu une éducation différente.

Vienna avait réussi à garder une voix égale, mais le mal-être était là, au plus profond de sa poitrine.

— Et vous n'avez pas d'enfants, n'est-ce pas ? Je n'ai rien vu en ligne qui suggère que vous en ayez.

Le sujet était encore assez sensible pour que la gorge de Vienna se serre.

— Pas d'enfants, en effet. Je sais que les gens diront que c'est tant mieux lorsqu'ils apprendront que nous avons divorcé, car aucun enfant n'aura souffert de l'échec de ce mariage. Mais moi, je n'ai pas l'impression que c'est tant mieux.

— Oh ! tu voulais fonder une famille, dit Jasper, l'air désolé. Pardon d'avoir remué le couteau dans la plaie.

Vienna aperçut la fourrure rayée d'un tamia dans les branches d'un arbre voisin. Elle commença à le croquer sur une feuille blanche.

— De toute façon, je ne peux pas tomber enceinte. Pas sans aide médicale. C'était parfait pour Neal, parce qu'il ne voulait pas vraiment d'enfants.

C'était la première fois qu'elle le disait à voix haute. Elle avait toujours gardé cette vérité blessante pour elle, de sorte qu'elle s'infectait sous sa peau. Elle avait vécu l'attitude de Neal comme une insulte à ses problèmes de fertilité. C'était la raison pour laquelle elle lui avait demandé le divorce la première fois.

— Avant notre mariage, il m'a dit qu'il rêvait d'une famille, ajouta-t-elle tout en continuant à dessiner le rongeur par petites touches rapides. Mais Neal est le genre de vendeur capable d'affirmer n'importe quoi pour conclure une affaire. Après le mariage, il n'a eu de cesse que de me convaincre de repousser l'échéance. Finalement, il a accepté d'essayer, mais au bout de dix-huit mois, je n'étais toujours pas tombée enceinte. J'étais un peu plus dévastée à chaque échec. Et je voyais bien que Neal était soulagé. J'ai voulu tenter une FIV, mais le moment n'était jamais propice pour lui et il a manqué tous les rendez-vous que j'avais pris.

Elle évita de regarder Jasper, craignant sa réaction – elle l'imaginait incommodé par ses épanchements, un regard empreint de pitié posé sur elle. Mais elle en avait assez de souffrir en silence ; elle l'avait assez fait pour le bien de Wave-Com. Peut-être voulait-elle aussi se justifier de divorcer, car elle se sentait coupable de ne pas avoir persévéré.

— J'ai fini par me rendre compte qu'il valait mieux ne pas avoir d'enfants avec un homme qui n'en voulait pas. À l'époque, papa venait de mourir et Hunter était en procès avec notre belle-mère, alors je ne lui ai pas dit que Neal et moi étions séparés. De toute façon, je ne voulais pas que la presse s'en mêle. J'ai commencé à travailler sur des expositions d'art à Toronto, où je passais la plupart de mon temps. Neal était à Calgary. Il s'en fichait.

Le tamia avait disparu entre les branches du carya, dont Vienna dessina le feuillage.

— Tu as dû ressentir comme une terrible injustice qu'Amelia soit tombée enceinte si facilement.

— Tout ce qui concerne la grossesse est injuste. Maintenant, au moins, je vais pouvoir trouver quelqu'un qui a les mêmes désirs que moi. Ou alors je me débrouillerai toute seule.

— Mère célibataire ? C'est difficile, affirma Jasper.

— Qu'en sais-tu ?

— Quand j'étais môme, mon père faisait les trois-huit. Même lorsqu'il était à la maison, il était souvent en train de dormir après avoir travaillé de nuit. Il était ouvrier qualifié et gagnait le minimum syndical. Maman travaillait dans un atelier de couture. Nous n'étions pas pauvres, mais nous étions loin de rouler sur l'or. J'aidais maman à tenir la maisonnée : je faisais les courses, je cuisinais, je m'occupais des devoirs d'Amelia.

— Quel âge avais-tu quand tu l'as perdue ? demanda-t-elle doucement.

— Je terminais mes études secondaires. J'avais été accepté à l'université de la Colombie-Britannique, à Vancouver, mais je ne pouvais pas partir à l'autre bout du pays. Amelia n'avait que onze ans. Alors je suis resté pour seconder papa tout en suivant des cours à l'université locale. Ensuite, lorsque mon père est devenu contremaître et a eu des horaires plus normaux, j'ai pu intégrer l'université de Toronto.

— En géologie ?

— Oui. Plus géographie et commerce. Une fois diplômé, j'ai passé quelques années dans le secteur pétrolier. REM-Ex aime affirmer qu'ils m'ont mis le pied à l'étrier, mais cela faisait déjà cinq ans que je travaillais comme consultant privé quand ils ont fait appel à mes services. J'avais déjà acquis une excellente réputation.

Il but une gorgée de café, puis se pencha en avant vers elle, les coudes sur les cuisses, tenant sa tasse à deux mains devant lui.

— Tu penses que ton mari contestera le divorce ? demanda-t-il avec gravité.

Vienna s'étonna de ce brusque changement de sujet. Sa situation matrimoniale l'intéressait-elle vraiment ?

— Je ne vois pas comment il pourrait le faire. Nous sommes séparés depuis un an, et je respecte ce qui est prévu par notre contrat de mariage.

Elle secoua la tête et soupira, regardant Jasper droit dans les yeux.

— Écoute, je veux te dire que je suis désolée. Maintenant que j'ai compris pourquoi tu es ici, je vois à quel point ma présence est gênante pour toi. Je ne veux pas compromettre tes projets, quels qu'ils soient, mais je n'ai pas d'autre solution que de rester. Neal me rendra les choses très difficiles. Mais je ne peux pas rester liée à lui. C'est impossible.

— Je comprends, dit-il doucement. Tu n'as pas à t'excuser.

— Merci, bredouilla-t-elle, troublée par sa sollicitude. Je... heu... je vais aller faire un tour.

Tandis que Vienna se changeait pour aller se promener, la pluie commença à tomber. Elle remit sa promenade et se replongea dans les aventures érotiques du pirate et de sa belle captive.

Lorsque l'averse cessa, elle avait grand besoin de faire baisser sa température interne. La captive avait les bras levés au-dessus de la tête et les poignets liés attachés au mur, pendant que, les mains posées sur ses fesses, le pirate avait le visage enfoui entre ses cuisses...

Vienna était tellement en fusion qu'elle avait presque envie de demander à Jasper s'ils pouvaient rejouer la scène tous les deux. Mais lorsqu'elle descendit l'escalier et le trouva derrière son ordinateur portable, elle se contenta de dire :

— Je vais à la plage.

— Je viens.

— Tu n'es pas obligé. Je veux juste faire un peu d'exercice.

Elle avait l'impression que ses pensées lascives se lisaient sur son visage. Pouvait-il les deviner ?

— Moi aussi.

Il se leva et étira ses bras. Son regard glissa le long de son jean, d'une manière qui alimenta le brasier de désir qui crépitait dans son corps.

Pour l'amour du ciel, calme-toi, Vienna !

Dehors, la température avait considérablement baissé depuis la veille. Les arbres dégouttaient après l'averse qui se dirigeait à présent vers le continent et l'air était frais. Malgré son pull-over, Vienna frissonna.

— C'est une situation étrange, dit-elle alors qu'ils s'engageaient sur le chemin. J'ai l'impression que nous sommes des étrangers dans un train, attendant tous les deux d'arriver à une nouvelle destination dans notre vie. Je veux faire la conversation pour passer le temps, mais nous tombons toujours sur des sujets très lourds.

— Dans quelle direction avances-tu ? La liberté ? Moi, je vais jusqu'à la vengeance.

— Et si on s'était vraiment rencontrés dans un train, de quoi m'aurais-tu parlé ? demanda-t-elle, décidée à alléger l'atmosphère.

— De pierres et de minéraux. Raison pour laquelle je suis toujours célibataire, j'imagine, ajouta-t-il avec humour.

Elle ne put s'empêcher de rire.

— Vraiment ? Eh bien, bonne nouvelle : je n'y connais rien. Pourquoi as-tu décidé d'étudier les pierres ?

— À l'occasion d'un voyage scolaire, j'ai commencé à m'intéresser aux fossiles. Chercher des fossiles, c'est comme aller au casino : il suffit de gagner une fois pour être accroché à vie. Moi, j'ai trouvé un trilobite, alors j'ai voulu savoir comment ce gros insecte avait pu se retrouver dans une pierre et cela m'a conduit aux géodes, aux stalagmites et aux diamants. Très vite, j'ai eu besoin de savoir d'où venait chaque type de roche.

— De l'univers ? plaisanta Vienna.

— Le pouvoir de la nature. Et le temps. Le fait que je puisse tenir dans ma main quelque chose qui existait déjà il y a des millions d'années me remplit d'admiration. D'une certaine manière, cela dépasse l'entendement. C'est vertigineux. Cela me fait aussi réaliser à quel point je suis petit. Insignifiant.

— Il y a un étrange réconfort à cela, n'est-ce pas ? acquiesça-t-elle.

Ils firent quelques pas en silence, chacun perdu dans ses pensées.

— De quoi me parlerais-tu, dans ce train ? demanda alors Jasper.

— Oh ! je ne te parlerais pas. J'aurais trop peur.

— Je reconnais que j'ai été d'humeur assez maussade ces derniers temps. Pas très engageant comme voisin de compartiment... Alors, pourquoi ce voyage ? reprit-il d'un ton badin.

— Je ne sais pas. Je n'ai jamais pris le temps de savoir qui je suis, alors je ne peux pas te le dire.

Voilà qui sonnait bien tragique, songea Vienna. Comme si ce jeu stupide se transformait en quelque chose de plus sérieux. Mais Jasper semblait décidé à continuer à jouer :

— Tu es célibataire ?

— Dans le train ? Oui.

— Peut-être que tu rends visite à un amant, alors...

— Je ne pense pas que ce soit le cas.

— Pourquoi pas ?

Parce qu'alors elle ne pourrait pas lui parler ainsi durant le trajet. Pas avec ce qui commençait à prendre forme entre eux et à crépiter dans l'air. À moins qu'elle ne se fasse des idées... ?

Nerveuse, elle se passa la langue sur les lèvres. Jasper avait les yeux rivés sur sa bouche. Des pulsions érotiques naquirent au creux de son ventre. Elle regarda au-delà de lui, vers le chemin qui serpentait dans la nature.

— Nous devrions en parler, non ?
— De quoi ?

Elle serra ses bras contre son torse en un geste protecteur, mais elle n'était plus qu'une boule d'appréhension et de désir.

— Du fait que nous sommes deux personnes partageant une maison, et qui voulons savoir si c'est tout ce que nous partagerons.

Vienna ouvrit la bouche pour répondre, mais aucun son ne sortit de sa gorge.

— Je ne cherche pas à te mettre la pression, poursuivit-il avec calme. Secoue la tête et nous n'en parlerons plus jamais.

Elle ne pouvait pas bouger, paralysée par le désir et la peur d'être rejetée. Autour d'eux, la forêt bruissait de mille sons, mais Vienna les percevait à peine tant son cœur battait vite et fort dans ses oreilles.

Jasper s'approcha d'elle. Elle retint son souffle. Il tendit la main et, du bout du doigt, il replaça derrière l'oreille de Vienna une mèche de cheveux qui s'était échappée de sa queue-de-cheval. Le bout de son doigt s'attarda derrière son lobe et laissa une traînée de feu sur le côté de son cou.

— Alors, tu veux en parler ? demanda-t-il.
— Je ne sais pas comment, avoua-t-elle dans un murmure tendu.
— Comment en parler ? Ou comment le faire ? répliqua Jasper, avec un sourire en coin.

Son doigt lui caressait désormais la peau le long de l'encolure de son pull-over.

— Le faire, balbutia-t-elle. Je ne sais pas comment être avec quelqu'un d'autre que...

Elle s'interrompit. Elle ne voulait pas prononcer le prénom de son mari. Pas maintenant.

— Je veux dire *physiquement*, précisa-t-elle, gênée comme jamais. Parce que je ne veux pas sauter d'un engagement à un autre, mais je ne veux pas me servir de toi, t'utiliser comme un passe-temps ou un dérivatif.

— Ah bon ? Tu es sûre ? Parce que moi, j'aimerais assez que tu te serves de moi. Et tout de suite.

À présent, ce n'était plus un doigt, mais sa main entière qui lui caressait la peau. Vienna avait soudain la gorge sèche.

— Et... et si c'est horrible ? Je ne veux pas m'asseoir en face de toi au dîner de Noël un jour et me rappeler à quel point cette semaine a été gênante.

— Ce ne sera pas le cas.

— Comment le sais-tu ?

Pour toute réponse, il baissa lentement la tête vers elle et lui effleura les lèvres de sa bouche.

Vienna ferma les yeux et, dans un réflexe, saisit le devant du sweat-shirt de Jasper et attira celui-ci contre elle. Il continua à déposer sur ses lèvres des baisers langoureux. Puis il happa ses lèvres, une fois, deux fois... La troisième fois, il s'ancra au sol en écartant les pieds et posa une main possessive sur sa taille. Vienna se mit sur la pointe des pieds. Il l'entoura alors de son bras, la serra contre lui, puis il l'embrassa avec gourmandise, avidité, jusqu'à ce qu'elle ait le vertige. Jusqu'à ce qu'elle oublie le monde autour.

Elle se lova contre lui, enroulant un bras autour de son cou pour garder l'équilibre. Il promenait les mains dans son dos en de délicieuses caresses. Elle se délectait de la dureté de son érection contre son ventre. Elle ne s'était pas sentie désirée depuis si longtemps ! *Jamais*, songea-t-elle fugacement. Ou du moins pas vraiment. Au moins, elle avait la preuve impressionnante que Jasper la désirait.

Elle aurait pu pleurer.

Elle lui rendit son baiser, s'abandonnant à la félicité de l'instant.

Avec un soupir rauque, il posa l'avant-bras contre le tronc d'un arbre qui bordait le sentier et plaqua Vienna contre l'écorce. Sa tête reposait dans le creux de son coude. La bouche de Jasper revint se poser sur la sienne en un baiser profond. Il glissa sa main libre sur ses fesses, puis la fit descendre sur l'arrière de sa cuisse. Il lui souleva alors la jambe et lui cala le genou contre sa hanche. Vienna se cambra un peu. Alors, la bosse qui déformait le pantalon de Jasper se trouva en contact avec son entrejambe. Un frisson exquis la traversa de part en part, et d'autres suivirent aussitôt, car Jasper s'était mis à onduler lentement du bassin, frottant son érection contre le cœur de sa féminité.

Oh ! mon Dieu...

Vienna se sentait adorée comme une déesse, affamée, prête à accueillir son dieu. Leurs langues se frôlaient, se mélangeaient, leurs mains palpaient, caressaient, empoignaient. Vienna perdait progressivement la raison, folle de désir, au bord de l'orgasme. Jamais elle n'avait été aussi excitée. Elle était si près du but qu'elle tremblait de tous ses membres.

Soudain, il s'arrêta.

Vienna ouvrit les yeux, hébétée, abandonnée, meurtrie par ce brutal retour sur terre.

— C'est gênant ? demanda-t-il d'une voix rauque et lascive à la fois.

— Je n'ai jamais rien ressenti de tel, avoua Vienna.

— Alors, rentrons à la maison et voyons si nous pouvons faire encore mieux, murmura-t-il.

5

Ils entrèrent par le sous-sol et enlevèrent leurs chaussures boueuses. Jasper accrocha son sweat-shirt mouillé à une patère. Vienna fit de même avec son pull, hésita brièvement, puis déboutonna son jean. L'arrière était humide d'avoir été pressé contre le tronc, et probablement taché par la mousse. Jasper l'observa se dévêtir et jeter le pantalon dans la machine à laver.

Lorsqu'il effleura le bord en dentelle de sa culotte, elle eut la chair de poule. Puis deux doigts frôlèrent la soie qui emprisonnait son sexe gorgé de désir.

— On dirait que tu as du mal à parler, la taquina-t-il.

Ses deux doigts appuyèrent un peu plus, creusant un sillon humide dans la soie. Vienna haleta. Elle avait voulu lui dire quelque chose, mais quoi ? Les doigts de Jasper s'attardaient au niveau de son clitoris.

— Je... J'ai fait tous les tests possibles, et je ne peux pas tomber enceinte, mais...

— Il y a des préservatifs dans la salle de bains.

Elle se dégagea alors de son emprise et courut jusqu'au bas de l'escalier qui menait à la cuisine. Puis elle s'arrêta et regarda en arrière. Jasper la fixait d'un air malicieux et gourmand.

— Si tu veux la jouer comme ça, tu ferais mieux de courir. Parce que je vais te dévorer...

Un petit cri échappa à Vienna tandis qu'elle montait l'escalier et traversait le garde-manger ; elle jeta un regard en arrière lorsqu'elle atteignit la cuisine. Les pas déterminés de Jasper résonnaient dans l'escalier. Excitée par cette poursuite, elle osa faire quelque chose de sauvage. Parce qu'elle se sentait sauvage. Sans entraves. Elle fit glisser sa culotte le long de ses jambes et la laissa au bas des marches avant de commencer à grimper vers le premier étage.

Elle entendit Jasper pousser un juron. Elle se retourna. Il avait les yeux rivés sur sa culotte. Il les posa sur elle. Vienna frémit. Elle voulut reprendre son ascension, mais trébucha dans l'escalier. Jasper était déjà là pour la rattraper et accompagner sa chute. Il la déposa sur les marches et son grand corps se positionna au-dessus du sien.

— Je te veux comme je n'ai jamais voulu rien ni personne, affirma-t-il.

Il l'embrassa, puis s'écarta d'elle.

— Et j'ai voulu, reprit-il, crois-moi. Beaucoup de choses. Jour et nuit, je me suis fait toutes sortes de promesses. Mais toi, je ne savais pas que je te voulais.

Sa main se glissa sous son chemisier et lui caressa la poitrine à travers son soutien-gorge.

— Montons à l'étage, chuchota-t-elle.

Mais Jasper semblait en avoir décidé autrement. Il remonta le bas de son chemisier sur son ventre, qu'il embrassa. Avant de descendre, encore, encore...

Oh ! Mon Dieu !

La sensation du souffle chaud de Jasper sur son sexe était divine. Il se déplaça de façon à pouvoir lui tenir les jambes et s'agenouilla sur une marche, plus bas. Vienna avait l'impression de vivre son fantasme avec le pirate. Il immisça une langue aventureuse dans ses replis secrets.

— Jasper..., haleta-t-elle.

Je ne mérite pas autant, songea-t-elle dans un flash. Elle était censée absorber la douleur, pas accepter le plaisir égoïste. Mais la paume de Jasper glissa vers le haut et captura à nouveau son sein ; dans le même temps, la caresse de sa bouche se faisait plus précise, plus experte, et générait des ondes d'un plaisir de plus en plus intense.

Elle l'aurait peut-être repoussé si elle n'avait pas eu l'impression que c'était elle qui lui offrait quelque chose et non l'inverse. Alors elle se cambra pour aller encore plus à la rencontre de sa bouche. Jasper y vit peut-être un signal, car il plongea un doigt en elle, ce qui la fit gémir de plus belle.

Il se délectait d'elle sans se presser, comme s'il la savourait. Elle avait l'habitude de se satisfaire elle-même ; jamais personne – et surtout pas Neal – ne lui avait *donné* du plaisir, ne s'était soucié de sa jouissance. Et celle-ci montait, inexorable, et faillit l'emporter.

Le contrôle de son corps lui avait échappé. Elle se tordait, se crispait, ses hanches se soulevaient sans qu'elle puisse rien y faire. Elle aurait voulu conserver un minimum d'emprise sur elle-même, mais c'était impossible. Une voix intérieure désagréable l'avertit que si elle se laissait complètement aller Jasper pourrait la briser. Elle fut recouverte par la tornade qui grondait en elle. Les frissons devinrent tremblements, puis l'orgasme, puissant, intense, irrésistible, l'emporta comme un fétu de paille et elle poussa un long cri de délivrance.

Dieu que c'est bon !

Vienna était encore étourdie lorsque Jasper la porta dans la chambre qu'il occupait et l'installa sur le lit. Il se glissa dans la salle de bains et en revint avec une boîte de préservatifs. Il en sortit un, qu'il laissa sur la table de nuit, puis fit sauter le bouton de son jean. Elle l'admira tandis qu'il se mettait torse nu. Elle songea que cet homme démontait ses défenses sans le moindre effort – d'un baiser, d'une caresse, d'un regard approbateur sur son corps.

Elle avait toujours été très douée pour garder de la distance entre les autres et elle. Elle offrait de petits morceaux de ses pensées et de ses ambitions, de ses émotions et de ses doutes, mais c'était toujours elle qui décidait ce qu'elle livrait d'elle-même et à qui. En revanche, avec Jasper, elle craignait de ne pas pouvoir se retenir de tout lui donner. Déjà, elle venait de se libérer de bien plus d'inhibitions qu'elle ne s'y était attendue. Il la remuait au plus profond.

Il serait sans doute plus prudent pour sa propre sécurité émotionnelle de changer d'avis, mais Jasper venait d'ôter dans un même mouvement son jean et son caleçon. Il se tenait devant elle, nu et sublime. *Quel corps de rêve !* ne put-elle s'empêcher de penser. Il déroula le préservatif sur son sexe majestueux. Il était l'exemple même de l'amant puissant et séduisant, le genre qui provoquait en elle une mélancolie mâtinée de colère parce que jamais elle ne porterait son bébé. Il ferait de beaux enfants à une autre femme, puis les protégerait de tous les dangers.

— On peut enlever ce chemisier ? demanda-t-il en se coulant contre elle.

Vienna se redressa, enleva sa chemise, détacha son soutien-gorge, puis elle les laissa tomber au sol. Elle s'allongea sur lui. Il lui caressa le dos. Elle se cambra et disposa ses jambes de part et d'autre de celles de Jasper. Le frottement des poils de son torse contre l'extrémité de ses seins était délicieux. Ils s'embrassèrent avec fougue.

— Je veux les goûter, déclara-t-il.

Il posa les mains sur les fesses de Vienna et l'incita à se relever afin de pouvoir offrir ses mamelons à sa bouche avide. Elle passa les mains dans ses cheveux et les agrippa alors qu'il jouait avec ses seins, les léchait, les caressait, les mordillait. Une fois de plus, il lui donnait du plaisir et elle l'acceptait. Ses attentions d'amant généreux envoyaient de nouvelles flèches de désir directement au creux de ses reins. Bientôt, elle eut besoin de le sentir en elle. Un besoin primitif, incontrôlable.

Elle se plaça à califourchon sur lui et empoigna à deux mains son sexe dur comme l'acier. Elle commença de lents mouvements de bas en haut qui arrachèrent de stimulants gémissements à son amant. Enfin, elle le guida là où elle avait besoin de lui.

Elle savait qu'il l'observait à travers ses paupières mi-closes. Elle ferma les yeux, gênée soudain par cette intimité, mais cela ne fit qu'amplifier la sensation de l'impressionnante virilité qui l'envahissait. Elle glissait dessus avec lenteur, prenant le temps d'apprécier l'instant. C'était une sensation si incroyable que les mots étaient impuissants à la décrire.

Les mains de Jasper parcouraient sa peau. Elles descendirent à l'endroit où leurs corps se joignaient et il fit doucement rouler son clitoris sous son pouce. Le soupir de délectation qu'elle poussa se changea en un long gémissement.

Elle commença à bouger sur lui. Il fit rouler ses hanches, si bien que leurs mouvements s'accordèrent à la perfection. Il posa les mains sur ses seins et lui pinça délicatement les tétons. Même si Vienna était parcourue de sensations inouïes, elle savait qu'elle ne pourrait pas jouir ainsi. *Abandonne-toi !* avait-elle envie de dire à Jasper. Mais elle ne pouvait pas parler. Des flammes de plaisir intense la consumaient de l'intérieur. Puis une main puissante lui saisit la hanche et maintint Vienna immobile sur le sexe enfoncé jusqu'à la garde. Elle commença à trembler. Jasper glissa son autre main entre eux et caressa de nouveau son clitoris.

Des éclairs jaillirent derrière ses paupières closes.

La foudre la frappa.

Jasper bougea le pouce, et ce fut une explosion. Puis une autre. Puis une autre. Haletante, essoufflée, le corps tendu et arqué, Vienna se demanda si elle pourrait survivre à autant de pur plaisir. Elle s'en fichait. Elle était le vent, la pluie, le feu et la lumière. Elle n'avait plus aucune retenue, plus aucune pudeur. Elle n'était qu'extase.

Puis le monde se mit à tourner et Jasper se retrouva au-dessus d'elle, la comblant de puissantes poussées. Le contrôle qu'il avait exercé jusqu'ici sur lui-même volait en éclats. Il était presque sauvage dans sa volonté de satisfaction – sans être aucunement violent. Des bruits rauques s'échappaient de sa gorge à chaque plongée en elle. Vienna ne pouvait s'empêcher de crier : « Oui ! Oui ! » Lorsqu'elle ouvrit les yeux, il la regardait avec une intensité animale. Et pourtant, elle se sentait en sécurité. Elle ne s'était même jamais sentie aussi... *indispensable*. Car tout dans l'attitude de Jasper lui disait que d'elle dépendait son salut.

— Ne t'arrête pas, le supplia-t-elle. Ne t'arrête jamais.

Il reprit ses va-et-vient et, très vite, elle lâcha un nouveau cri, éperdue de plaisir. Alors, Jasper vint en elle et Vienna sut qu'après cela le monde pouvait bien s'écrouler.

Jasper se dégagea doucement et roula sur le côté, à bout de souffle, rompu. Il avait besoin d'une minute pour reprendre ses esprits. Il aurait besoin d'une vie entière pour comprendre ce qu'il venait de se passer.

Il retira le préservatif et le jeta dans la corbeille à papier posée près de la table de chevet, puis il retomba sur le dos.

Il n'avait pas prévu de l'embrasser au milieu des arbres. Il s'était préparé à ce qu'elle le rejette lorsqu'il avait émis l'idée de partager quelques parties agréables de jambes en l'air. Peut-être avait-il même espéré qu'elle le repousse.

Il aimait le sexe, mais il n'était pas du genre à se laisser guider par le sien – il savait quels désastres cela pouvait causer. Par conséquent, il avait toujours été très prudent lorsqu'il avait envisagé une relation avec une femme. Or une relation avec Vienna Waverly n'était pas la même chose qu'une relation avec une autre, car ils étaient amenés à se revoir à l'occasion d'événements familiaux, comme elle le lui avait fait remarquer en évoquant la possibilité de dîners gênants.

En revanche, lorsqu'elle avait manifesté son inquiétude face à un potentiel « horrible » moment au lit, il avait failli éclater de rire tant leur alchimie était évidente. D'ailleurs, une fois qu'il l'avait embrassée, il avait prévu d'en rester là, mais c'était elle qui s'était enflammée et les avait entraînés plus loin.

Vers le sexe le plus incroyable de sa vie.

Chaque caresse avait pénétré jusqu'à ses os, réveillé des parties de lui endormies depuis des années, bien avant qu'il ne parte pour le Chili. Il n'avait pas anticipé cela. Il s'était attendu à une satisfaction physique, peut-être à quelques-uns de ces moments gênants qu'elle avait mentionnés, mais certainement pas à *ça* ?

Dès leur premier baiser, pourtant, il avait ressenti un élan de possessivité qui ne lui ressemblait pas. Un besoin primitif l'avait poussé à vouloir effacer toute trace de son mari de la mémoire de Vienna. Pas pour flatter son propre ego. C'était plus primordial que cela : il avait eu besoin qu'elle soit aussi touchée par lui qu'il l'était par elle.

Paradoxalement, plus elle s'était abandonnée à lui, plus il avait eu envie de l'emmener loin. La voir perdre toute inhibition l'avait rempli d'un sentiment de puissance, certes, mais aussi d'une satisfaction plus humble. Et d'une voracité croissante. D'ailleurs, l'appétit était toujours là. Le besoin. Il en voulait plus.

« Et si c'est horrible ? » s'était alarmée Vienna. La vraie question, et le vrai danger, Jasper s'en rendait compte à présent, c'était : « Et si c'était incontrôlable ? »

— Je... heu... je vais te laisser, dit Vienna d'une voix étranglée.

Elle s'assit sur le bord du lit, les pieds posés au sol. Il crut entendre des sanglots dans sa gorge et se redressa, horrifié.

— Tu pleures ? Je t'ai fait mal ?

Elle attira un oreiller sur ses genoux et le serra dans ses bras.

— Non. Mais je me sens tellement stupide.

— Pourquoi ? C'était vraiment incroyable, non ?

Il fronça les sourcils, soudain inquiet. S'était-il tellement perdu dans la passion qu'il avait raté quelque chose ?

— Oui, c'était incroyable. Donc maintenant, je sais à quel

point les relations sexuelles que j'ai endurées pendant des années étaient horribles.

Il voulait lui dire qu'il n'a jamais rien vécu de tel, lui non plus, mais cela ne la consolerait pas. Son chagrin n'était pas lié à la qualité de leurs rapports sexuels, mais aux promesses et aux rêves brisés que laissait derrière lui son mariage raté.

— Ce n'était pas ta faute, Vienna.

— Si, ça l'était. Je suis restée avec lui ! Je lui demandais de coucher avec moi. Je le suppliais de faire un bébé avec moi.

Elle se pencha en avant et se recroquevilla sur l'oreiller. Ses épaules commencèrent à trembler. C'était plus que Jasper ne pouvait supporter ; alors il la tira lentement en arrière et l'allongea sur le matelas. Puis il se blottit contre son dos et rabattit les couvertures sur eux tandis qu'elle pleurait, la tête dans l'oreiller.

« Ne le laisse pas te faire ça ! » aurait-il voulu lui hurler. Mais il se contenta de lui caresser les cheveux et de la serrer contre lui.

Vienna se réveilla seule dans le grand lit de Jasper, et soulagée de l'être. Elle se glissa dans sa propre chambre, puis sous la douche.

Qu'est-ce que tu as fait ? était la seule pensée que son cerveau anesthésié parvenait à produire. La question clignotait sous son crâne.

Elle ne savait pas comment gérer une telle intimité. Pas seulement la nudité et la façon dont elle avait laissé Jasper la toucher, ou même la manière dont elle avait régressé vers une forme primitive d'elle-même. Non, une intimité autrement plus engageante, car elle avait confié à Jasper le plus humiliant des secrets de son mariage et elle avait pleuré devant lui.

Personne ne la voyait pleurer. À force d'être rabrouée, elle avait appris à se contenir. « Un peu de courage, Vienna ! » aboyait son père d'une voix sévère. « Pauvre chérie, elle ne supporte pas la plaisanterie », se moquait Irina en levant les yeux au ciel. « Arrête de dramatiser ! » soupirait Neal, excédé. Même Hunter, avec les meilleures intentions du monde, avait toujours essayé d'arranger les choses : « Ne pleure pas, je parlerai à papa. »

Jasper n'avait rien dit. Il s'était enroulé autour d'elle comme une coquille protectrice et l'avait laissée drainer le poison de son cœur meurtri.

Elle ne pourrait jamais effacer ce moment d'épanchement embarrassant. Désormais, Jasper savait à quel point elle s'était rabaissée, à quel point elle s'était trompée et à quel point elle s'était avilie pour un homme qui n'en valait pas la peine.

Elle avait honnêtement cru qu'elle pourrait avoir des relations sexuelles occasionnelles avec Jasper, car elle ne connaissait qu'une manière de faire l'amour : celle, utilitaire et détachée, qu'elle avait expérimentée avec Neal. Elle ne l'avait jamais aimé. Lorsqu'il l'avait courtisée, elle s'était entichée de lui et avait appelé cela de l'amour. Elle avait essayé de toutes ses forces de l'aimer tout en s'efforçant de faire fonctionner leur mariage, mais elle n'avait plus aucune considération ni affection pour lui depuis bien longtemps.

Quant à Jasper, elle ne savait pas ce qu'elle ressentait. Elle ne le connaissait pas assez pour être sûre que la sympathie et la confiance instinctives qu'elle éprouvait pour lui étaient justifiées. C'était un amant généreux et il savait comment l'apaiser, ce qui lui donnait du pouvoir sur elle.

L'image de son visage niché entre ses jambes dans l'escalier lui revint soudain, et une douce chaleur lui lécha les reins. Elle sortit précipitamment de la douche et se sécha.

Dehors, la pluie était revenue. Elle s'habilla d'un collant trois-quarts de yoga et d'une tunique confortable, puis elle descendit les marches sur lesquelles Jasper lui avait offert ce torride orgasme.

Arrête de penser à ça, Vienna !

Jasper cuisinait à nouveau...

Pourquoi fallait-il qu'il soit si incroyablement sexy et attentionné ? Vêtu d'un jean et d'un *henley* vert dont les trois boutons étaient défaits, il se déplaçait avec son efficacité décontractée habituelle.

— Salut, dit-elle d'un ton penaud.

Il lui retourna un regard distant et impénétrable ; son cœur fit une embardée.

— Ton divorce fait la une des journaux. Ton téléphone n'arrête pas de sonner.

— Oh ! mon Dieu...

Il remplit un verre de vin et le posa à côté du sien sur l'îlot central, avant de remettre la bouteille au réfrigérateur. Vienna jeta un regard à son téléphone, posé sur la table à côté de son matériel de dessin.

— Je croyais que tu l'avais laissé éteint.

— C'est mon nouveau téléphone, murmura-t-elle. Seul Hunter a le numéro. Je me suis dit qu'il voudrait me parler.

Voilà, c'est maintenant, songea-t-elle avec effroi. *Tout est terminé.*

Pas vraiment, en réalité. Mais la bombe avait été lâchée.

— Vas-tu lui dire que tu es ici ?

Jasper but une gorgée de vin, l'expression toujours aussi indéchiffrable.

— Sauf si tu ne le souhaites pas.

Elle s'assit à l'autre bout de la table afin d'avoir un arrière-plan que son frère ne pourrait pas identifier sur l'image. Elle s'attacha à respirer calmement, à dissimuler ses peurs derrière un masque de « tout va bien », puis elle appuya sur le bouton de rappel.

Hunter répondit dès la première sonnerie.

— Vi ! Enfin !

— Bonjour, lança-t-elle en se forçant à sourire. Quelle vue magnifique ! Comment se passe le voyage ?

Hunter était en voyage de noces à Bora-Bora. Un océan

bleu-vert s'étendait derrière lui ; elle pouvait distinguer une île au loin.

— Génial ! Et toi, ça va ?

— Bien sûr.

Elle était consciente que Jasper écoutait la conversation et pouvait presque l'entendre lui dire : « Ne mens pas, Vienna. Je déteste les menteurs. »

— Je... Je suis désolée, reprit-elle. J'aurais dû t'en parler avant pour que tu ne sois pas pris au dépourvu. Neal ne voulait pas que quelqu'un sache que nous étions séparés, mais il ne voulait pas non plus divorcer. C'était la seule solution.

— Ne t'excuse pas. Dis-moi plutôt ce que tu attends de moi, dit Hunter avec une douceur bourrue.

Vienna cligna des yeux, luttant contre les émotions qui menaçaient de l'emporter.

— Que tu me dises que tu ne me renieras pas.

Elle essaya de faire passer cela pour une plaisanterie, mais elle avait vraiment appréhendé la réaction de son grand frère.

— Jamais, jura-t-il. Je suis inquiet pour toi. La presse va s'acharner sur toi et je ne suis pas là...

— C'est pour cette raison que j'ai agi pendant ton absence, pour que tu ne sois pas gêné par tout ça. Je m'en occupe.

— Tu n'es jamais une gêne, Vi ! Et ça me rendrait malade que tu restes mariée à quelqu'un qui te rend malheureuse.

C'était une allusion claire à leur ancienne belle-mère, la vraie responsable de son manque de confiance en soi. Leur père était resté marié à Irina en dépit d'incessants scandales et adultères. Elle avait fait beaucoup de mal au nom de Waverly. Elle s'était remariée et vivait à Palm Springs, où elle torturait un autre malheureux et sa famille.

— Où es-tu ? demanda Hunter. Tu as besoin d'une équipe de sécurité ? Que puis-je faire d'ici ?

— Rien. Vraiment. J'ai déjà demandé une protection rapprochée en prévision de mon retour à Toronto. Pour l'instant, tout va bien.

— Ne va pas à Toronto. Tu es à Calgary ? Je ne reconnais pas le décor.

— Je pars pour l'Allemagne avant ton retour, pour le... Oh ! tu ne sais probablement pas : Quinn et Micah vont se marier.

— Vraiment ?

Hunter prit un moment pour assimiler la nouvelle que la meilleure amie d'Eden, son ex-fiancée, épousait le frère de cette dernière.

— Je n'ai jamais compris ces deux-là, mais transmets-leur nos vœux de bonheur.

Eden ne semblait pas en vouloir à Amelia d'avoir détruit son mariage avec Hunter. La seule fois que Vienna avait pu lui parler depuis le psychodrame, Eden était profondément heureuse d'avoir épousé Remy Sylvain. Le fait que Vienna ait été invitée au mariage de Micah signifiait que ce dernier ne la blâmait pas pour la conduite de Hunter envers sa sœur. Peut-être que les vœux de Hunter et Amelia clôtureraient ce pénible épisode une fois pour toutes.

— Je vais faire publier une déclaration de soutien à ta démarche, reprit Hunter. Tu ne veux pas me dire où tu es ?

— Pas pour le moment, annonça-t-elle sans un regard pour Jasper. Mon avocat sait où me trouver en cas de besoin. Je n'ai pas confiance en ce téléphone.

— Bon, comme tu veux, grommela Hunter, manifestement contrarié. Amelia m'attend sur la plage, je dois y aller. Appelle-moi si tu as besoin de quoi que ce soit, d'accord ?

— D'accord. Embrasse Amelia et Peyton pour moi. Et...

Vienna hésita, incapable de se rappeler la dernière fois qu'elle lui avait dit cela, mais elle souhaitait vraiment bâtir une meilleure relation avec son frère.

— Je t'aime, Hunter.

Il eut l'air surpris, mais se reprit très vite pour répondre d'un ton bourru :

— Je t'aime aussi, Vi. Je serai toujours derrière toi. J'espère que tu le sais.
— Je le sais.
Et elle commençait même à y croire, ce qui lui faisait un bien fou.

6

Vienna se racla la gorge après avoir mis fin à la conversation avec son frère, visiblement émue par le soutien de ce dernier.

Jasper lui apporta son verre de vin. Elle en but une gorgée.

— Merci, murmura-t-elle.

— Pensais-tu vraiment que Hunter s'opposerait à ton divorce ?

Elle grimaça et haussa les épaules.

— Hunter ne m'a jamais laissée tomber, mais il est profondément investi dans Wave-Com, émotionnellement et financièrement. Il s'est battu pour en éjecter Irina et continue de réparer les dégâts qu'elle a causés. J'ai toujours considéré mon rôle comme un appui. Je suis censée lui faciliter les choses, pas les rendre plus compliquées.

En restant mariée à un homme qui lui avait menti ? Car soit on voulait des enfants, soit on n'en voulait pas. Les deux partenaires devaient être d'accord, car en l'occurrence il n'y avait pas de place pour le compromis.

— Je dois vérifier deux ou trois choses avec mon équipe de relations publiques. La connexion est sécurisée, ne t'inquiète pas.

Il leva le pouce en signe d'agrément et retourna au poulet au pesto de citron qu'il était en train de préparer.

Lorsqu'il s'était réveillé avec Vienna dans les bras, il était encore sous le choc de l'effet qu'elle avait sur lui ; et surpris de se sentir si protecteur à son égard alors qu'il la connaissait à peine. Il avait été tenté de rester au lit avec elle, non seulement pour la sensation de son corps chaud et nu contre le sien, mais aussi parce qu'il voulait la savoir en sécurité et réconfortée.

Troublé par cette prise de conscience, il s'était éclipsé et était descendu au rez-de-chaussée. Il avait jeté un coup d'œil sur les sites d'information et cela l'avait chamboulé.

Visiblement, Vienna avait eu raison de se mettre au vert... Il s'était montré sceptique quant aux efforts qu'elle avait déployés pour s'enfuir dans un lieu tenu secret tandis que ses avocats signifiaient le divorce à son mari. Cela lui avait semblé disproportionné, à une époque où les divorces de personnalités publiques étaient monnaie courante.

Pourtant, la plupart des gros titres étaient abjects et sensationnalistes ; nulle empathie à l'égard d'une femme qui voulait simplement mettre fin à une relation toxique. Son mari, lui, n'était pas traîné dans la boue. D'ailleurs, il était à peine mentionné. C'était elle qui était au centre de l'attention, et tout était fait pour l'anéantir.

Aussi épouvantables que soient ces articles, une partie de lui avait été soulagée de voir son divorce rendu public étant donné qu'il l'avait laissée endormie dans un lit où ils avaient fait l'amour. Une possessivité primitive était remontée à la surface.

Elle n'est pas à lui. Cet homme ne la mérite pas.

Et toi, tu la mérites ? répliqua une voix cynique au plus profond de sa psyché.

Un frisson lui parcourut l'échine. Vienna avait clairement exposé qu'elle ne cherchait pas une nouvelle relation sérieuse. Lui-même n'était pas en position de lui en offrir une, donc cette liaison, légère et temporaire, était bénéfique pour tout le monde.

Si les circonstances avaient été différentes, pourtant...

Elles ne le sont pas, se rappela-t-il. Il se battait pour retrouver sa vie, et elle se frayait un chemin vers une nouvelle existence. La question la plus importante était de savoir si cette liaison se poursuivrait, maintenant qu'elle était confrontée aux conséquences de son choix.

Vienna le rejoignit, avec une expression à la fois hantée et traquée qui le fit frémir. Elle la chassa rapidement de son visage, tandis que Jasper se demandait comment il avait pu la considérer comme superficielle. Elle ressentait les choses très profondément. Elle était trop sensible pour un mariage de raison. Personne ne l'avait-il vu ? Pourquoi personne n'avait essayé de l'arrêter ? Pourquoi Hunter ne l'avait-il pas fait ?

Elle lui jeta un regard gêné, puis se redressa comme la fière combattante qu'elle était.

— Tout est sous contrôle, assura-t-elle avec un sourire crispé. Je peux t'aider à préparer le dîner ? Ça sent rudement bon !

— Non, c'est prêt. Alors si tu l'es toi aussi, nous pouvons manger.

La nourriture était délicieuse, mais Vienna avait du mal à l'avaler. Le silence qui régnait entre eux était épais et lourd. Collant comme du goudron. Lorsqu'elle trouva le courage de lever le regard, elle découvrit que Jasper l'observait. La boule de nourriture dans sa gorge se transforma en pierre. Elle la fit passer d'une gorgée de vin.

— J'ose à peine imaginer ce que tu penses de moi, marmonna-t-elle, embarrassée.

— Je pense que tu es quelqu'un qui se bat pour mener une vie meilleure, et je ne peux pas m'empêcher d'admirer le fait que tu t'accroches malgré les obstacles.

— Vraiment ? Et moi qui croyais que tu aurais préféré ne m'avoir jamais rencontrée.

Ou touchée. Ou prise dans tes bras.

Tout ce qu'ils avaient fait lui revint en mémoire. Elle piqua un fard.

— Pas du tout. Et toi, ne regretteras-tu pas m'avoir rencontré une fois que tout sera rentré dans l'ordre ? Je suis heureux d'être ton havre de paix dans la tempête, mais je m'en voudrais de profiter de toi alors que tu es vulnérable.

— Je ne suis pas vulnérable ! protesta Vienna.

Par réflexe, elle rejetait tout ce qui pouvait suggérer qu'elle était faible. Elle ne pouvait pas se permettre de l'être.

Jasper haussa les sourcils d'un air sceptique. Était-ce de la condescendance ? De la pitié ? La façon dont il se concentrait sur elle lui donnait l'impression qu'il voyait clair en elle. C'était déconcertant.

— Je peux t'appeler « Vi » ? J'aime bien.

Elle hocha la tête presque à contrecœur. Seuls ses très proches étaient autorisés à utiliser ce diminutif.

— Je veux que tu sois honnête avec moi. Vraiment. Mais je ne peux pas t'obliger à l'être. Sois-le au moins avec toi-même. Tu m'as dit aujourd'hui que tu ne savais pas qui tu étais. Commence par distinguer la vérité : tu ne te caches pas ici parce que tu es lâche. Tu as pris la décision très difficile de quitter la vie que tu avais, tout en sachant que tu serais attaquée pour cela. Tu *es* vulnérable. Si tu ne parviens pas à l'admettre, alors je suis en train de profiter de toi.

Les larmes lui montèrent aux yeux. Parce que Jasper avait vu juste ? Ou parce que cela la déstabilisait qu'il ait su lire en elle ?

— Je n'ai pas le droit d'être vulnérable, dit-elle en renonçant à retenir ses larmes. J'ai à peine le droit d'être quoi que ce soit.

C'était le nœud du problème. Elle avait passé sa vie à agir et se comporter en fonction des attentes des autres. Elle ne s'autorisait presque jamais à laisser sa personnalité apparaître au grand jour. Quand elle l'avait fait, on s'était moqué d'elle.

— Et si tu n'aimais pas celle que je suis vraiment ? demanda-t-elle dans un souffle.

Elle ne pourrait pas supporter ce genre de rejet. Quand elle portait un masque, ce n'était pas vraiment elle qui était rejetée. Or, avec Jasper, elle avait commencé à montrer son vrai visage ; elle lui avait déjà révélé beaucoup de choses, dont certaines qu'il était le seul à savoir. Malgré cela il s'affirmait heureux d'être son havre de paix...

C'était tellement difficile de donner libre cours à son désir ! Et bien plus risqué maintenant que quelques heures auparavant, quand elle pensait encore pouvoir vivre une aventure avec lui tout en gardant le contrôle. Ce n'était plus possible, à présent. Mais elle voulait toujours être avec lui. S'il la repoussait après qu'elle aurait trouvé le courage de le lui dire, elle serait anéantie.

— J'ai vraiment peur, avoua-t-elle. Je ne pensais qu'à sortir de ma cage, sans me rendre compte de la protection qu'offraient ses barreaux. Si j'étais seule ici en ce moment, je me noierais dans une sombre terreur. Peut-être que j'aurais fini par perdre mon sang-froid et par renoncer au divorce. Mais tu es là et... et tu me montres ce que je peux avoir si je crois que je le mérite. Je veux vraiment continuer à dormir près de toi. Si tu en as envie aussi.

Le bleu des yeux de Jasper devint incandescent.

— J'en ai envie. J'en ai *très* envie.

Jasper n'avait jamais pris de drogues hallucinogènes, mais leurs effets devaient être les mêmes que ceux du sexe avec Vienna. Ses sens étaient aiguisés, ce qui rendait chaque contact, chaque gémissement et chaque caresse encore plus intense.

Vienna était là, avec lui, et le lien qui les unissait était tout simplement cela : un lien. Leur synchronisation était si parfaite que Vienna semblait savoir d'instinct que le tourbillon de sa langue à tel endroit précis était exactement ce dont il avait besoin. Que le frôlement de ses cheveux sur son ventre l'apaiserait et l'exciterait à la fois. Elle savait quand il était temps de se rouler sous lui pour l'accueillir en elle parce qu'il allait mourir s'il attendait une seconde de plus.

C'était la vie dans sa forme la plus élémentaire. Tout prenait un sens lorsqu'il s'enfonçait en elle, se perdait dans cette exquise et addictive folie.

L'orgasme de Vienna fut si puissant qu'il appela le sien, mais il résista de toutes ses forces.

Lorsqu'elle cessa de trembler, ouvrit les yeux et posa sur lui un regard brouillé par le plaisir, il l'embrassa. Tout son être lui hurlait qu'il devait capturer cette femme, la conquérir et la garder. La violence du désir qu'il éprouvait pour Vienna lui indiquait qu'il y avait danger, mais il ne pouvait pas se passer d'elle.

Il se retira et s'écarta d'elle afin de l'admirer en plan large, alanguie, superbe.

— Qu'est-ce que tu fais ?

Un soupçon de panique ombrait la douceur de sa voix.

— Je déguste, répliqua-t-il en souriant, avant d'embrasser ses seins.

Bientôt, elle partirait, et ces instants parfaits ne seraient plus que des souvenirs. La sensation d'un compte à rebours inéluctable décuplait son appétit sensuel. Il avait faim d'elle. Il fit courir sa bouche partout sur le corps tremblant de sa maîtresse, jusqu'à ce qu'elle pousse à nouveau ces gémissements qui lui donnaient des frissons.

— Je te veux en moi, supplia-t-elle. J'en ai besoin.

— Prends-moi, alors, riposta-t-il avec malice.

Il lui déposa un tendre baiser au coin de la bouche. Elle glissa la main entre eux et le guida en elle à nouveau.

Il frémit de plaisir. Son cœur commença à battre la chamade. Il voulait envelopper Vienna. L'engloutir. L'explosion était là, toute proche. Il allait et venait en elle, l'osmose était parfaite, une fusion magique de leurs deux corps.

Ce n'est pas réel, lui affirma la voix de la raison. Cette grisante béatitude, cette transe partagée n'étaient que le résultat de leur isolement et des circonstances étranges dans lesquelles ils s'étaient rencontrés. Ils avaient été jetés dans le même canot de sauvetage et s'accrochaient l'un à l'autre par désespoir.

Pourtant, lorsque les ongles de Vienna lui griffèrent le dos, que son souffle devint un long feulement rauque, qu'elle enroula les cuisses autour de ses hanches et qu'elle se resserra autour de son érection comme un poing, Jasper atteignit la limite de son self-control. Il s'abandonna et la rejoignit au septième ciel.

Après le petit déjeuner, sur la terrasse, Vienna avait demandé à Jasper si elle pouvait le dessiner. Il avait accepté. Elle s'était assise face à lui, carnet de croquis en main. Mais Jasper n'avait pas tenu longtemps... Il avait sauté sur elle comme un rapace fond sur sa proie, l'avait emmenée dans la chambre et lui avait fait visiter de nouveaux paysages érotiques et sensuels.

Elle profitait encore de cet état alangui et bienfaisant qui suit un orgasme divin lorsqu'elle entendit son amant jurer.

— Qu'est-ce qui ne va pas ? demanda-t-elle.
— Le préservatif s'est déchiré.

Il s'assit sur le rebord du lit et s'en débarrassa, la mine sombre. Vienna lui posa une main apaisante sur le dos.

— Jasper, je ne peux pas tomber enceinte. J'ai passé tous les tests possibles et imaginables. Tu n'as pas à t'inquiéter, sauf si...

— J'ai passé un examen médical complet avant de venir au Chili. Et depuis, je n'ai été avec personne d'autre que toi.

Il la regarda par-dessus son épaule. Il n'avait pas l'air rassuré, mais sembla se détendre légèrement. Il se leva.

— Je vais prendre une douche.

Vienna nota avec dépit qu'il ne l'avait pas invitée à le rejoindre. Donc elle ne le suivit pas. Elle se rendit dans sa chambre, pensive, et enfila une robe bain de soleil.

Cette liaison était excitante, merveilleuse... et *temporaire*, se rappela-t-elle. Elle devait rester physique et ne pas devenir sentimentale. Pas une relation émotionnelle profonde, en tout cas. Jasper pourrait facilement prendre le contrôle de sa vie si elle s'autorisait à tomber amoureuse de lui.

Ce qui arrivera probablement, de toute façon.

En réalisant cela, elle fut prise d'un vertige intérieur. Elle se demandait déjà s'il lui demanderait de revenir ici après son séjour en Allemagne. Il n'avait rien dit de plus sur ses plans concernant Orlin Caulfield et REM-Ex, mais il était clair qu'il attendrait aussi longtemps qu'il le faudrait. Or elle détestait l'imaginer seul dans cette maison...

Pourrait-elle faire quelque chose pour lui pendant son voyage ? Elle devrait lui demander, car des gens comme Micah Gould et Remy Sylvain avaient autant de pouvoir que Hunter et le bras au moins aussi long. Peut-être pourraient-ils l'aider.

Un crissement de gravier à l'extérieur lui fit reposer sa brosse à cheveux pour jeter un coup d'œil par la fenêtre ouverte.

Un SUV était garé pile à l'emplacement où la lumière de la fin de matinée traversait la frondaison. Elle forma des ombres sur le visage du conducteur qui en descendit.

Neal ? Mais qu'est-ce qu'il fiche là ?!

L'eau coulait dans la salle de bains, mais elle s'abstint de prévenir Jasper : elle ne voulait pas risquer de dévoiler sa présence. Paniquée, elle dévala l'escalier et se précipita vers la porte d'entrée. Elle rejoignit son ex-mari dans l'allée.

Neal Briggs avait l'allure d'un homme fortuné. Il n'était pas beau au sens classique du terme, mais il avait un charme certain. Il était soigné et vêtu pour mettre en valeur ses atouts, dont le principal était son argent. Il pratiquait le ski et le golf pour rester en forme, voyait son coiffeur tous les mois, se faisait blanchir les dents et était toujours rasé de près. Il était habillé de façon décontractée, d'un bermuda et d'un polo vert dont la marque s'affichait sur la poche-poitrine.

— Bonjour, chérie !

Il enleva ses lunettes de soleil de style aviateur d'un geste probablement très étudié.

— Comment tu m'as retrouvée ? lança-t-elle tout de go.

— Mon cœur m'a conduit à toi, bien sûr.

Il arborait un répugnant sourire satisfait. Vienna n'avait jamais eu peur de lui, mais elle chancela légèrement lorsqu'elle constata qu'il vibrait de fureur rentrée.

— Je suis sérieuse. Je veux savoir comment tu m'as trouvée. Steven te l'a dit ?

Si c'était le cas, l'assistant de Hunter devrait très vite chercher un nouvel emploi.

— M. Chow reste fidèle à son maître, ne t'inquiète pas. Non, j'ai acheté l'année dernière de petits autocollants très pratiques. Ils aident à retrouver les choses qui ont trop souvent tendance à s'égarer...

— Tu m'as *tracée* ? s'étrangla-t-elle, partagée entre rage et incrédulité.

Il ne lui était pas venu à l'esprit de fouiller ses bagages ou son sac à main à la recherche de dispositifs que Neal aurait pu y installer.

— C'est du harcèlement, Neal. À un niveau ignoble.

— Détends-toi, ricana-t-il, moqueur. Après tout, je n'aurais pas eu à utiliser cet ingénieux dispositif si tu m'avais dit où tu allais, n'est-ce pas ?

— Je n'ai pas à te dire où je vais ! Nous sommes séparés. En plein divorce. Retourne dans ta voiture et sors de ma vie ou j'appelle la police.

C'était du bluff, bien sûr. Elle ne pouvait pas appeler la police, sous peine de nuire à Jasper.

— Bien tenté, mais nous ne divorçons pas, Vienna. Nous vivions très bien séparément, et je suis prêt à continuer. Après une grande réconciliation publique, bien sûr. Allons à l'intérieur et parlons de la suite des événements.

Il se rapprocha d'elle et essaya de passer le bras dans son

dos pour la guider vers la porte d'entrée. Elle le repoussa, mais il passa devant elle et entra dans la maison.

— Sors d'ici !

Il jeta un coup d'œil au bureau où se trouvait l'ordinateur portable de Jasper, fermé et en charge.

— Qui a loué cet endroit pour toi ? Steven Chow ? Hunter ? Je n'ai rien trouvé sur ton relevé de carte de crédit.

— Mon... ma carte ? bafouilla-t-elle, estomaquée. Comment peux-tu y avoir accès ?

Elle en avait une nouvelle et n'avait pas utilisé leur compte commun depuis des mois.

Neal leva les yeux au ciel, comme si elle était trop bête pour comprendre.

— Oups... Je crois que j'ai trouvé tes mots de passe. Pas très difficile, tu me diras : le nom de jeune fille de ta mère et le premier concert auquel tu as assisté.

— Je vais en informer mon avocat.

Vienna était de plus en plus révoltée de constater jusqu'à quel point Neal l'avait espionnée. Mais elle était aussi maladivement consciente de la présence de Jasper à l'étage. Et si Neal l'entendait se déplacer ? Et si Jasper l'appelait pour savoir ce qu'elle faisait ?

Neal observa la cuisine. Soudain, il se figea. Son expression changea.

— Deux tasses à café... ?

Son regard pivota vers la porte d'entrée.

— Et une paire de très grandes chaussures, ajouta-t-il d'un ton mauvais.

Lentement, il leva les yeux vers le haut de l'escalier. Vienna était paralysée par une peur atroce. Elle vit les pieds nus de Jasper apparaître. Il commença alors à descendre lentement dans le cloaque qu'était son mariage en train de se putréfier.

7

En sortant de la douche, Jasper avait entendu s'ouvrir la porte d'entrée. En tendant l'oreille, il avait perçu des voix. Dont celle de Vienna. En colère. En détresse.

Quelqu'un était venu jusqu'ici...

Il avait enfilé un short et avait entendu la jeune femme s'écrier :

— Tu m'as *tracée* ? C'est du harcèlement, Neal. À un niveau ignoble.

Neal ? Une boule de haine s'était formée dans ses tripes. Il était arrivé en haut de l'escalier au moment où le mari de Vienna se postait en bas. Et constatait que celle qui était encore légalement sa femme n'était pas seule...

Le plan élaboré par Jasper pour se venger d'Orlin Caulfield et de REM-Ex, aussi délicat qu'un château de cartes, défila dans son esprit lorsqu'il croisa le regard furibond de l'intrus.

— Qui es-tu, bon sang ? demanda ce dernier.

Jasper descendit les marches, torse et pieds nus, sans jamais rompre le contact visuel avec cette ordure de première catégorie. Certes, il était furieux que son projet soit soudain gravement menacé, mais il n'allait pas laisser Vienna seule face à ce crétin.

Il s'arrêta sur la dernière marche.

— Tout va bien, Vi ?

— Tu n'avais pas besoin de descendre. Neal s'en va.

81

Elle avait les mains accrochées à ses coudes repliés, en un geste de protection dérisoire. Ses yeux suppliants disaient : « Je suis désolée. »

Neal enfonça les mains dans les poches, les regardant l'un après l'autre avec une expression sournoise et calculatrice.

— Wouah ! Je ne pensais vraiment pas que tu en étais capable, mon cœur. Tu te souviens qu'il y a une clause d'adultère dans notre contrat de mariage ? Grâce à ton grand frère, d'ailleurs.

Vienna releva le menton, l'air bravache.

— Je m'en souviens. Et je me souviens aussi pourquoi.

Il posa une main sur sa poitrine, comme s'il se sentait insulté par sa suggestion.

— *Je* suis resté fidèle depuis notre mariage. Tu peux en être sûre. Et tu peux compter sur moi pour continuer à l'être ; contrairement à toi, on dirait...

— Tu ne peux pas plaider l'adultère alors que nous sommes séparés.

— Nous verrons si les tribunaux sont d'accord.

— Vas-y, fais grimper les factures d'avocat, je m'en fiche !

— Mais que diront les journaux ? répliqua Neal.

Il s'amusait avec elle comme un chat avec une souris. Jasper avait envie de lui arracher du visage cette expression suffisante.

— Elle n'est pas partie pour moi, dit-il. Elle *vous* a quitté, c'est aussi simple que cela.

Neal sembla perturbé par son intervention. Puis ses yeux se rétrécirent tandis qu'il l'observait fixement.

— Je vous connais !

Et voilà, nous y sommes..., songea Jasper.

— J'ai une excellente mémoire des visages et des noms, triompha Neal. Vous êtes le frère disparu d'Amelia !

Le château de cartes commença à vaciller.

— Voilà du pain béni pour les actionnaires, reprit Neal à l'attention de Vienna. Tu as quitté ton mari pour ton beau-frère, celui qui est en fuite pour... qu'est-ce que vous avez fait, déjà ?

Cette ordure le provoquait. Jasper descendit la dernière marche. Il lui aurait écrasé les pieds si Neal n'avait pas reculé, l'air effrayé.

— Touchez-moi et c'est une agression, balbutia-t-il.

— Vous êtes entré dans cette maison sans y être invité. Vous en menacez les occupants. Je pense que ce serait considéré comme de la légitime défense. Voulez-vous découvrir qui a raison ?

Ce maudit Neal devait vraiment être un lâche de la pire espèce, car il battit en retraite et se dirigea vers la porte. Il adressa malgré tout un sourire narquois à Vienna.

— Je vous laisse, les tourtereaux. Attache ta ceinture, chérie. Le voyage va être mouvementé.

Quand il passa devant elle, elle lui cracha au visage deux mots qui n'étaient pas très dignes d'une dame, mais qui, compte tenu des circonstances, étaient tout à fait appropriés.

Secouée, Vienna s'assura que le SUV était bien parti, puis elle se retourna vers Jasper. Il semblait bouillir de l'intérieur. Elle avait la nausée.

— Il a mis des traceurs dans mes affaires. C'est illégal, non ?

Elle n'arrivait même pas à imaginer tout ce qu'elle allait devoir vérifier : vêtements, trousse de maquillage, bagages... Connaissant Neal, il prétendrait qu'il s'agissait du geste d'un mari soucieux, qui surveillait ses biens, pas sa femme. Elle doutait que la police puisse faire grand-chose.

Jasper ne répondit pas. Son silence lui mit les nerfs à vif.

— Tu n'étais pas obligé de descendre, reprit-elle. Le laisser te voir, je veux dire. J'aurais pu...

Elle ne savait pas ce qu'elle aurait pu faire. Prendre ses clés et partir ? Et si Neal avait traversé la maison et rencontré Jasper à l'étage de toute façon ?

Elle était si confiante la veille au soir lorsqu'elle avait dit à son équipe que Neal n'avait aucune idée de l'endroit où elle se trouvait ! Sa minutieuse préparation n'avait servi à rien ; au lieu d'éviter la frénésie de la presse, elle avait aggravé la situation. Pour elle, mais aussi pour Jasper. Elle en aurait pleuré de rage et de désespoir. Une heure auparavant, ils faisaient l'amour. Ils étaient heureux.

— Il me dénoncera. Il est peut-être déjà en train de poster quelque chose en ce moment même. Nous ne pouvons pas rester ici. Je suis vraiment désolée, Jasper.

— Moi aussi, dit-il, la mine sombre.

Ce n'est pas ma faute ! avait-elle envie de hurler. Vraiment ? Si elle était restée dans sa petite vie étouffante, sans vouloir plus, elle n'aurait pas nui à Jasper. Elle avait ruiné ses projets. À cause d'elle, sa vie était peut-être même en danger !

Si elle se dépêchait pour essayer de réparer les dégâts, peut-être que Jasper la détesterait moins...

— Je vais passer quelques coups de fil, annonça-t-elle en cherchant son téléphone. Je dois informer Hunter et mon avocat. Je vais demander à mon équipe de faire une déclaration. Il nous reste une seule chance de couper l'herbe sous le pied de Neal. Rien ne nous interdit de séjourner dans la même maison de vacances : après tout, nous sommes de la même famille, désormais. Et nous ne sommes que de simples connaissances.

Elle se souvint qu'elle avait laissé son téléphone sur la terrasse et sortit. Lorsqu'elle revint avec l'appareil, Jasper n'avait pas bougé. Il avait l'air encore plus sévère que lorsqu'elle s'était présentée ici pour la première fois.

— Je suis..., commença-t-elle, avant de s'éclaircir la voix. Je vais demander à mon équipe de s'occuper des vols et de la sécurité pour nous.

L'adrénaline aurait dû la faire se sentir plus forte et plus rapide. Combattre. Fuir ! Au lieu de cela, ses bras et ses jambes étaient lourds. Son cerveau se transformait en bouillie, sombrait dans une obscurité marécageuse.

Alors que Jasper se tenait là comme coulé dans le bronze,

immobile, froid et dur, elle comprit qu'elle s'était un peu avancée en employant l'expression « pour *nous* ».

Quel « nous » ? Il n'y a pas de « nous ».

Elle eut l'impression qu'une épée géante la coupait en deux. Le cœur à l'agonie, elle serra les bras contre sa poitrine. Elle savait qu'ils n'avaient pas d'avenir parce qu'elle était un poids. Le sexe avait été du sexe, rien de plus.

— Je me sens responsable d'avoir anéanti ton camouflage, dit-elle en tremblant. J'aimerais réparer ce gâchis si je le peux. Dis-moi ce dont tu as besoin et je demanderai à mon équipe de t'aider.

Il répondit par un bruit étouffé qui pouvait signifier n'importe quoi – rien de positif toutefois...

— Si tu préfères mener ta barque tout seul...

Alors je me sentirai comme un déchet. Et elle le serait aux yeux du monde entier une fois que Neal aurait rendu publiques ses accusations d'infidélité. Elle avait envie de se mettre en boule et d'attendre que ça se tasse, mais ce n'était pas possible. Non, son linge sale était toujours exposé à la vue de tous. Sa seule option était d'avancer sous la lumière glauque de la honte. Encore une fois.

— Appelle Hunter, dit-il finalement d'un ton bourru. Assure-toi qu'Amelia et le bébé sont protégés. Je vais appeler mon père et prendre mes propres dispositions.

Elle ne lui en voulait pas de prendre ses distances, vraiment, mais elle eut l'impression que le sol s'ouvrait sous ses pieds et l'engloutissait.

Elle s'efforça de rester digne pour affirmer :

— Je partirai dès que possible.

Il n'avait fallu que trente minutes à Vienna pour quitter la maison. La bile au fond de la gorge, Jasper avait porté son sac jusqu'au garage et l'avait saluée d'un signe de tête quand elle lui avait dit au revoir.

Il ne s'était pas attardé sur son départ brutal : il avait sa propre crise à gérer. Il préférait s'en sortir seul, comme il l'avait fait pendant la plus grande partie de sa vie. Il n'avait jamais souhaité s'impliquer dans le divorce de Vienna, mais désormais c'était trop tard. Il ne regrettait pas d'avoir maltraité son mari ; au contraire, il jugeait qu'il n'avait pas été assez dur avec ce salaud. Il aurait dû l'effrayer tellement que celui-ci n'aurait plus jamais osé poser les yeux sur Vienna.

Ce qui le préoccupait le plus, c'était qu'une divulgation publique de leur relation pourrait faire courir à Vienna les mêmes risques qu'à lui et à sa famille. Il avait déjà pensé qu'ils devraient nier leur relation et se séparer le plus rapidement possible lorsqu'elle avait dit : « Et nous ne sommes que de simples connaissances. »

Cette phrase avait réveillé une très vieille blessure, qui n'aurait pourtant pas dû être encore aussi sensible.

Pendant quelques secondes, alors que Vienna lui proposait de mettre son équipe à sa disposition, comme s'il n'avait pas les moyens de s'offrir ses billets d'avion et son propre service de sécurité, il s'était souvenu d'une femme très bien habillée qui avait arrêté sa Lexus à côté de lui alors qu'il rangeait des chariots sur le parking du supermarché. Elle s'était présentée comme la tante de sa petite amie, Annalise, et lui avait tendu un sac de courses chic en coton avec des poignées en corde. Il contenait son sweat à capuche, son livre préféré sur l'identification des minéraux et le porte-clés avec l'inscription « C'est l'amour » qu'il avait offert à Annalise en même temps que la clé de son appartement.

— Je crois que ce sont vos affaires, jeune homme, avait dit la femme. Annalise reste chez moi jusqu'à la fin de ses études.

— Mais..., avait-il bredouillé, le cœur dans un étau.

— Mais elle a une vision d'ensemble de son avenir, désormais. Qui n'inclut pas le fait de devenir mère aussi jeune. Et qui ne vous inclut pas non plus. Ne la contactez pas.

Son corps, son choix : Jasper avait respecté la décision de sa petite amie. À l'époque, il venait de perdre sa mère et portait sur les épaules la responsabilité de son père et de sa sœur ; il était paniqué à la perspective de devoir également subvenir aux besoins d'Annalise et d'un bébé, mais de là à se voir tout arracher aussi brutalement... Et puis le mépris de cette femme lui avait donné l'impression d'être un minable, un bon à rien. Ou un criminel de guerre.

Annalise n'avait pas changé d'école, elle l'avait simplement éjecté de sa vie. Et aujourd'hui, Vienna rejetait tout aussi froidement leur relation, maintenant que celle-ci portait à conséquence.

Après un bref appel à son père, qui lui conseilla la plus grande prudence, il appela son avocat pour l'informer qu'il allait agir plus tôt que prévu. Il n'attraperait peut-être pas Orlin Caulfield dans son filet, mais il pourrait encore attraper beaucoup de gros poissons.

Il fit ses valises tout en conversant avec son conseiller financier afin de réactiver tous ses comptes. Il avait placé la plupart de ses avoirs pendant sa disparition, de manière masquée. Il avait utilisé une partie de ces fonds pour acheter des actions REM-Ex grâce à une société-écran. Jasper avait toujours eu une longueur d'avance lorsqu'il s'agissait de lire une étude de faisabilité pour une entreprise minière. Ainsi, il avait fait fructifier son portefeuille dès ses années d'université. Vienna ignorait de quelles ressources il disposait, car il avait gardé le silence à ce sujet, mais il n'avait pas besoin qu'elle lui achète un billet d'avion : il pouvait se payer un jet privé si la fantaisie le prenait. Or il préférait vivre simplement plutôt que de gaspiller son argent. Peut-être, après tout, grâce à Annalise et à la femme à la Lexus, qui l'avaient sans le savoir poussé à travailler dur pour prouver qu'il était à la hauteur.

Puis Orlin Caulfield avait pris la vie de Saqui en essayant de prendre la sienne. Pour un homme tel que Caulfield, deux vies humaines n'étaient rien face au risque de perdre son pouvoir, sa position sociale, sa fortune. Jasper détestait ce genre d'arrogant, et s'était méprisé lui-même pour s'être senti obligé de s'élever au même niveau. Il aurait pu gommer ce sentiment et faire ravaler sa morgue à son ancien employeur, mais son plan était tombé à l'eau.

Bon sang !

Il fit un dernier tour de la maison pour être sûr de ne rien oublier. Il parcourut la terrasse, sur laquelle de grosses gouttes de pluie avaient commencé à s'écraser, et trouva le carnet de croquis de Vienna.

« Ne bouge pas », lui avait-elle demandé le matin même, après le petit déjeuner. Était-ce le matin même ? Jasper avait l'impression que c'était il y a un siècle...

Il avait observé le regard rêveur qui transformait son visage lorsqu'elle déplaçait ses crayons, échangeait avec fluidité une couleur pour une autre, posait les yeux sur lui, puis sur le carnet, puis sur lui, encore et encore.

C'était érotique de rester là, immobile, pendant que Vienna l'étudiait avec minutie. Lorsque son érection était devenue douloureuse, il lui avait sauté dessus, lui avait retiré le carnet des mains et l'avait portée jusqu'à sa chambre.

Il avait fait de leur liaison une affaire plus importante qu'elle ne l'était, comparant leurs ébats à un voyage sous l'emprise de la drogue qui l'avait fondamentalement transformé. Ils s'étaient rencontrés à un moment où la pression était à son comble. Relâcher cette pression lui avait fait un bien fou. Rien de plus.

Il étudia ses esquisses. C'était excellent, mais troublant. Révélateur, même, ce qui le mit mal à l'aise. C'était lui, mais c'était une image de lui qu'il ne reconnaissait pas. Avait-il vraiment pris autant de muscle ? Il n'était pas du genre à se pavaner devant un miroir, surtout depuis qu'il avait fondu après une année passée à échanger des travauxl à la ferme contre le vivre et le couvert. Mais depuis son arrivée ici il faisait de la musculation tous les jours, principalement pour soulager ses tensions et essayer de s'épuiser avant de s'endormir.

La perspective, avec la cime des arbres en dessous et derrière lui, le faisait paraître plus grand qu'il ne l'était. Le léger quadrillage qu'elle avait esquissé afin de respecter les proportions donnait l'impression qu'il portait une sorte d'armure invisible, ce qui renforçait l'impression qu'il était fort. Puissant.

C'était étrange de se voir ainsi, alors qu'il avait passé une année à se sentir traqué, paralysé et désarmé. Jasper retrouvait l'homme ambitieux qu'il avait été avant son départ pour le Chili, celui qui avait confiance en lui, mais cela montrait qu'il était aussi devenu plus dur. *Insensible ?*

Il avait emporté le bloc-notes et les crayons dans la maison, avec l'intention de les y laisser. Or lorsqu'il transporta ses affaires dans le garage, le bloc-notes s'y trouvait.

Jasper se tenait à l'extérieur de la salle de réunion de REM-Ex, regardant des photos de Vienna sur son téléphone en attendant que le conseil d'administration se réunisse.

Elle se trouvait en Allemagne, où elle assistait à un mariage somptueux. Des images commençaient à filtrer sur les sites spécialisés. Le mariage se déroulait dans un palace chic, et chaque cliché la montrait souriante et sublime. Différente. Elle n'était plus la femme qui marchait pieds nus dans la maison, les cheveux attachés en queue-de-cheval, sans maquillage. Elle portait des robes élégantes et des diamants aux oreilles. Un homme en smoking – Remy Sylvain, disait la légende – se tenait debout, le bras autour d'elle, tandis qu'ils se regardaient avec une affection indéniable.

Ce n'est pas ton affaire, se dit Jasper en éteignant son téléphone. Vienna était passée à autre chose, il n'avait rien à redire à cela. Ils ne s'étaient rien promis, après tout.

Et pourtant, il avait le sentiment que de l'acide lui rongeait le cœur.

Il se souvenait par cœur des paroles qu'elle avait prononcées lors d'une conférence de presse organisée peu après son départ de Tofino, une semaine auparavant, pour répondre aux accusations de Neal : « C'est la vengeance sordide et mesquine d'un ex mécontent. Je ne peux et ne veux pas parler au nom de Jasper Lindor, sauf pour confirmer que lui et moi avons séjourné dans la même maison de vacances pour la même raison : nous voulions tous deux préserver notre tranquillité pendant une période difficile.

Neal avait alors répliqué en révélant l'infertilité de son ex-épouse. Sa sœur avait rapporté à Jasper que Vienna avait aussitôt fait licencier son ex-mari de Wave-Com, au motif qu'il avait violé un accord de confidentialité concernant la vie privée de la famille Waverly. Cet idiot avait perdu tous ses avantages d'un seul coup, y compris son appartement et sa voiture de fonction.

Il était fier d'elle pour ne pas avoir fait de quartier.

— Monsieur ? Tout le monde est là, l'informa sa nouvelle assistante.

Pas tout le monde. Orlin Caulfield, président de REM-Ex, n'interviendrait que par vidéoconférence, tout comme une poignée d'autres membres du conseil d'administration. Il intervint à la seconde où Jasper fut présenté comme nouvel actionnaire majoritaire :

— C'est *vous* qui êtes derrière Keady Holdings ?! Je savais que quelque chose n'allait pas quand je n'ai rien trouvé sur la société qui a acheté nos actions ces dernières semaines. Il ne s'agit pas d'une offre d'acquisition, messieurs. Il s'agit d'un différend en matière de ressources humaines. La séance est levée.

— Il s'agit d'une offre d'acquisition, déclara fermement Jasper, sans prendre la peine de s'asseoir. Puisque le conseil d'administration est légalement tenu d'examiner toutes les offres sérieuses, restez connectés.

— Ce n'est pas sérieux ! ricana Orlin Caulfield.

Jasper révéla alors le prix qu'il comptait payer par action, et le brouhaha cessa dans la salle. Tous les actionnaires physiquement présents s'entre-regardaient, les yeux écarquillés.

— Je ne pose pas non plus beaucoup de conditions à ma proposition de rachat. Je demande un audit environnemental portant sur les cinq dernières années, et une enquête indépendante sur la mort de Saqui Melilla.

Pour savoir qui étaient les rats sur ce navire, il suffit à Jasper d'observer les visages qui se transformaient en masques de pierre. Deux écrans de visioconférence devinrent noirs.

— C'est un coup monté, vociféra Caulfield. Vous risquez des poursuites pénales.

Jasper appuya les poings sur la table et regarda un par un les visages des dirigeants assis autour de lui.

— Non, Orlin. C'est vous qui êtes en danger. Je suppose que ceux qui n'ont rien à se reprocher soutiendront ma prise de contrôle et les enquêtes qui s'ensuivront. Ceux qui feront amende honorable pourront me vendre leurs actions, quitter le conseil d'administration et ne seront pas inquiétés. Ceux qui voudraient se battre contre moi ont intérêt à avoir les reins solides et des avocats au niveau.

Il pouvait sentir le vent tourner. Orlin Caulfield était livide. Il décida d'enfoncer le clou :

— Je propose un vote à main levée. Tous ceux qui sont en faveur de la vente de REM-Ex à Keady Holdings, levez la main.

Un sourire en coin étira ses lèvres à mesure que les actionnaires choisissaient leur camp.

Jasper se tourna vers son assistante, qui comptait les votes :

— Je pense que cela fait deux tiers, n'est-ce pas ? Très bien, concluons cette affaire !

8

Pourtant rentrée d'Allemagne depuis plus de deux semaines, Vienna ne parvenait pas à se débarrasser du décalage horaire.

Elle se rappela qu'elle avait traversé beaucoup d'épreuves, il était donc normal qu'elle ait un coup de blues. Toutefois, elle avait déjà surmonté nombre de difficultés mais, cette fois-ci, c'était différent. Elle ressentait un malaise à cause de Jasper et de la façon dont les choses s'étaient terminées entre eux.

Il semblait être retombé sur ses pieds. Lors d'une interview, il avait déclaré que, compte tenu de la façon dont Saqui Melilla avait été tué, il avait craint que sa propre vie ne soit en danger, mais que, maintenant qu'il était de retour au Canada, il avait hâte de trouver les vrais responsables de la mort de son ami et interprète.

Une fois cette grenade jetée dans le camp de REM-Ex, Jasper avait pris le contrôle de l'entreprise et ordonné une enquête indépendante. Selon les rapports, il avait été l'un des premiers à croire au succès des cryptomonnaies et s'était tranquillement constitué une fortune, qu'il avait investie dans des investissements miniers au fil des ans. Le conseil d'administration de REM-Ex avait par conséquent considéré qu'il avait toutes les qualités pour présider l'entreprise.

Orlin Caulfield avait été évincé de son poste. Il n'était

toujours pas rentré au Canada. Vienna savait que Jasper devait bouillir de voir que le meurtrier de son ami s'en tirait à si bon compte.

Et à qui la faute ? Elle.

Avec un gémissement, elle se recroquevilla sur le canapé où elle s'était allongée. La culpabilité la rongeait, exacerbée par le fait que Jasper ne lui pardonnerait jamais d'avoir ruiné son plan. Puisqu'ils avaient réussi à garder leur relation secrète, ils auraient pu au moins se séparer bons amis. Il n'aurait pas été absurde d'imaginer des retrouvailles plus tard, mais désormais c'était impensable. Elle doutait que Jasper se donne même la peine de lui adresser de nouveau un jour la parole.

Elle était tellement mortifiée et angoissée par ce qu'elle avait fait qu'elle ne pouvait même pas envisager de le revoir. Amelia l'avait invitée à venir lui rendre visite, et Vienna avait refusé parce qu'elle savait que Jasper vivait à Vancouver. Elle ne voulait pas lire l'antipathie et les reproches dans son regard ; cela les aurait rendus bien trop *réels*.

Ce n'était pas censé se passer ainsi ! Ils s'étaient mis d'accord pour un flirt sans conséquences, et elle se retrouvait torturée au plus profond de l'âme à jamais.

Le peu qu'elle avait lu sur les relations après un divorce lui avait appris qu'elles étaient souvent très intenses et sexuelles, et très douloureuses lorsqu'elles se terminaient. Elle aurait pu croire qu'elle ne subissait qu'une phase normale de mélancolie, mais ce qu'elle ressentait allait au-delà. Elle était épuisée, anémique, et son estomac lui jouait sans cesse des tours.

Elle avait voulu y voir un effet du stress, mais elle aurait dû être aux anges puisque la veille son divorce avait été officiellement prononcé. Neal était sorti de sa vie pour de bon.

Elle se dit qu'elle devrait peut-être consulter un médecin, mais la simple perspective de prendre rendez-vous lui donnait des sueurs froides. Cela générait des flash-back traumatisants de toutes les procédures invasives qu'elle avait supportées lorsqu'elle cherchait à résoudre ses problèmes de fertilité.

Attends une minute...

Elle se redressa si vite que sa tête se mit à tourner. Son estomac se tordit d'espoir et de crainte avant même qu'elle n'ait calculé la date de son dernier cycle.

Elle se prit la tête dans les mains, essayant de faire le point sur les pensées qui s'y bousculaient. La dernière fois, c'était avant son arrivée à Tofino. Deux semaines avant.

Ce n'est pas possible ! songea-t-elle. Les médecins avaient été formels. Et elle en avait vu plusieurs.

Mais techniquement c'était possible, puisqu'un jour le préservatif de Jasper s'était rompu.

Non. Être enceinte maintenant, de Jasper, serait un désastre. Il ne voulait pas d'un bébé avec elle.

Son cœur se mit à battre la chamade, dans un mélange d'excitation et d'inquiétude. Avait-elle encore un test dans la salle de bains ? Elle tremblait tellement qu'elle craignait de s'évanouir si elle se levait.

Ce n'est pas possible. Ce n'est pas possible !

Après quelques respirations profondes, elle se leva pour en voir le cœur net.

— Votre divorce est prononcé ! C'est sûrement pour ça que tu es si rayonnante.

Amelia berçait Peyton pendant que Vienna rangeait les vêtements et les jouets qu'elle avait achetés en Allemagne pour sa nièce. Elle n'avait pas avoué à sa belle-sœur ce qui l'illuminait de l'intérieur. Le père du bébé méritait d'être le premier à savoir, même s'il risquait d'être furieux.

Sa réaction n'avait pas d'importance. Elle était tout à fait prête à élever le bébé seule. Elle lui en parlerait seulement parce que leur proximité familiale impliquait qu'il serait au courant de sa grossesse et qu'elle ne voulait pas qu'il soit pris par surprise.

Bien sûr, elle aurait fait traîner un peu si Amelia n'avait pas mentionné au détour d'une conversation téléphonique que son frère partait pour Santiago du Chili quelques jours plus tard. L'air de rien, Vienna avait alors proposé à sa belle-sœur de lui rendre visite.

— Je veux tout savoir sur Bora-Bora et voir ma nièce préférée, avait-elle affirmé.

— Super ! J'inviterai Jasper à dîner pendant que tu seras là. Je suis sûre qu'il aimerait beaucoup te revoir, avait-elle ajouté d'un ton lourd de sous-entendus.

— Oui, pourquoi pas, bonne idée, avait répondu Vienna en s'efforçant de garder une voix normale.

Elle n'avait rien dit à Hunter et Amelia de sa relation intime avec Jasper, se gardant bien de démentir la version officielle : Neal avait mal interprété ce qu'il avait vu lorsqu'il les avait trouvés à Tofino.

Jasper n'avait visiblement rien dévoilé non plus, car lorsque Vienna était arrivée, la veille au soir, Amelia lui avait juste appris que son frère était occupé à finaliser certaines choses avant son voyage, mais qu'il viendrait dîner le lendemain.

Vienna avait à peine dormi et, à quelques minutes de revoir Jasper, elle était sur les nerfs.

Peyton laissa échapper un rot.

— C'est comme ça que tu remercies ta tante quand elle te gâte ? plaisanta Amelia. Allez, fais-lui un vrai câlin !

Elle fit basculer son bébé sur les genoux de Vienna, qui serra le petit corps chaud contre sa poitrine.

— Oh ! mon trésor ! s'émerveilla-t-elle.

Elle se rendit compte qu'elle aurait bientôt sa propre petite et puissante machine à aimer sans réserve, qui lui donnerait des baisers gluants et sautillerait sur ses genoux.

Le spécialiste qu'elle avait consulté avait confirmé sa grossesse, et lui avait assuré qu'il n'y avait aucune raison que celle-ci n'aille pas à son terme. Cependant, après tant de déceptions dans son parcours pour tomber enceinte, Vienna ne pouvait s'empêcher de craindre que ce miracle ne dure pas.

Ces appréhensions furent balayées par la sonnette de la porte d'entrée. Le cœur de Vienna manqua un battement.

Jasper!

Amelia s'éclipsa pour aller lui ouvrir. Vienna serra Peyton dans ses bras, essayant de maîtriser le tourbillon d'émotions qui l'assaillait. Elle mourait d'envie de le voir, mais elle était pleine d'appréhension. Comment réagirait-il face à elle, et encore plus face à la nouvelle qu'elle s'apprêtait à lui annoncer ?

Lorsqu'il apparut dans le salon à la suite de sa sœur, un douloureux éclair d'excitation frappa Vienna, lui coupant le souffle.

— Hunter travaille dans son bureau, dit Amelia. Je vais aller lui dire qu'il est temps d'être sociable.

— Rien ne presse, dit Jasper.

Mais Amelia était déjà dans l'escalier, laissant derrière elle un silence pesant.

— C'est un plaisir de te revoir, Vienna, dit Jasper avec un léger signe de tête.

Pas Vi, Vienna... Il resta près des fenêtres au lieu de s'asseoir à côté d'elle. Pourtant, malgré sa froideur et la distance, tout son être réagissait à sa présence. Il s'était fait couper les cheveux et avait laissé pousser sa barbe, qu'il portait soigneusement taillée. Avec sa chemise rayée, son pantalon de costume et ses chaussures cirées, elle se demandait s'il sortait directement du bureau : ces vêtements étaient plus formels que ceux qu'elle avait l'habitude de lui voir porter.

Il ressemblait à une version hostile de l'homme dont elle s'était sentie si proche, de l'homme qu'elle avait eu envie de revoir. Son expression s'adoucit légèrement lorsqu'il posa les yeux sur Peyton. Cette esquisse de sourire au coin de sa bouche donna de l'espoir à Vienna, jusqu'à ce que ses yeux bleus se posent à nouveau sur elle, glacials, et lui donnent des frissons dans le dos.

— C'est un plaisir pour moi aussi, dit-elle platement. Je...

Elle regarda par-dessus son épaule, consciente qu'Amelia serait de retour avec Hunter d'une seconde à l'autre.

— Il faut que je te dise quelque chose, poursuivit-elle d'une voix plus basse.

Il haussa les sourcils, l'air interrogatif. Elle se déplaça vers l'avant et se leva, Peyton toujours dans les bras. En faisant quelques pas hésitants vers lui, elle chercha l'homme avec lequel elle avait partagé de brefs moments de tendresse et de compréhension. Elle ne le trouva pas. Elle jeta à nouveau un coup d'œil par-dessus son épaule.

— C'est difficile à dire. Je suis...

Les voix d'Amelia et de Hunter commencèrent à leur parvenir. L'envie de repousser son aveu faillit paralyser Vienna, mais elle était venue pour cette seule raison, alors elle prit son courage à deux mains :

— Je suis enceinte, murmura-t-elle.

— Tu es...

Il sembla se transformer en statue de bronze, à tel point que Vienna se demanda s'il respirait encore.

— Comment est-ce possible ? Et pourquoi me le dire ? À moins que je ne sois...

Il s'interrompit : Amelia et Hunter les avaient rejoints. Ils s'arrêtèrent, comme s'ils venaient de heurter un mur. La tension était palpable. Vienna s'était réfugiée dans la contemplation de Peyton, qui se mordillait le poing et babillait joyeusement. Il lui semblait que Jasper l'assassinait lentement du regard.

— Salut, Jasper, dit Hunter, brisant le silence. Tu veux boire quelque chose ?

— Je trouve très drôle que vous vous connaissiez déjà, tous les deux, dit Amelia en prenant Peyton des bras de

Vienna. C'est un rêve qui devient réalité pour moi de vous avoir tous les deux ici. Même quand Jasper avait disparu, je me promettais qu'un jour il viendrait dîner avec ma nouvelle famille. Et nous y voilà !

Elle leur adressa un grand sourire plein d'émotion.

— Nous ne pouvons pas rester, annonça Jasper sans ambages.

Sa sœur se décomposa.

— Quoi ?

— Jasper ! intervint sèchement Vienna.

— Vienna et moi avons des choses à nous dire.

— Quelles choses ? demanda Amelia.

— Utilisez mon bureau, proposa Hunter avec un signe de la main en direction de l'escalier.

— Non. Nous allons chez moi. Désolé, sœurette.

Jasper essaya de l'embrasser sur la joue, mais Amelia le repoussa.

— J'ai fait le pain de viande de maman. Tu me l'as demandé, dit-elle avec agacement.

Jasper fit un signe de tête à Vienna.

— Allons-y.

— Je goûterai ton pain de viande plus tard, promit Vienna. *Si je survis...*

Elle détourna les yeux de l'expression choquée d'Amelia avant de suivre Jasper vers la sortie.

Jasper roulait à tombeau ouvert en direction de son appartement, mâchoires serrées, mains crispées sur le volant.

— Nous aurions pu parler là-bas, dit Vienna. Qu'est-ce qu'ils vont penser ?

— Qui se soucie de ce que pensent les autres ?

— Pour ma part, je n'ai jamais eu le luxe de ne pas me soucier de ce que les gens pensaient de moi.

— Eh bien, figure-toi que je *pensais* que tu ne pouvais pas tomber enceinte.

Il était encore sous le choc. Il avait l'impression de s'être fait avoir. Derrière sa colère s'agitait une foule d'émotions qu'il avait refoulées longtemps auparavant et qu'il essayait de garder à distance pendant qu'il absorbait la nouvelle.

— Je ne t'ai pas menti ! Pour l'amour du ciel, Neal lui-même a...

Elle se tut et ferma brièvement les yeux. Jasper devinait à quoi elle faisait allusion. La façon dont Neal avait révélé l'incapacité à procréer de son épouse avait été excessivement cruelle. Jasper savait tout ce qu'elle avait fait pour essayer d'avoir un bébé, et qu'elle souffrait profondément d'avoir échoué.

Il cherchait les mots justes pour s'excuser quand elle s'écria :
— Tu veux bien ralentir ?

Il obtempéra et tâcha de réfléchir posément. Comment était-il censé faire face à cette situation ?

Durant le mois qui venait de s'écouler, il s'était plongé dans le travail, finalisant sa prise de contrôle de REM-Ex tout en faisant avancer l'enquête sur la mort de Saqui. En voulait-il à Vienna qu'Orlin Caulfield ait échappé à sa vengeance ? Pas vraiment. C'était à cause de Neal, pas de Vienna.

Ce qui l'avait contrarié, c'était que Vienna avait continué à coloniser ses pensées. Quand sa sœur l'avait invité à dîner, il avait accepté. Parce qu'il aurait été impoli de refuser, mais surtout pour en finir avec cette histoire. Vienna et lui avaient réussi à convaincre Hunter, Amelia et le monde entier qu'ils avaient platoniquement partagé une maison pendant quelques nuits. Il s'était dit qu'ils pourraient sûrement tenir ce mensonge le temps d'un repas. Ensuite, il partirait pour Santiago, ils ne se croiseraient donc plus avant longtemps.

Il avait espéré que cette rencontre lui prouverait que ce qui les avait emportés à Tofino n'était qu'un mirage. Il aurait dû comprendre qu'il se faisait des illusions lorsque, de plus en plus agité, il avait commencé à compter les heures avant de la revoir. Lorsqu'il était entré dans la maison de sa sœur, il avait ressenti la présence de Vienna si clairement qu'il avait eu l'impression de sentir son odeur. Il avait alors eu l'impression que tout son être se réveillait d'un long sommeil.

En se retrouvant face à elle, il avait remarqué qu'elle avait les yeux écarquillés par l'appréhension. Elle se préparait à l'affronter, craignait ce qu'il pourrait dire ou faire.

Il n'avait rien fait, désireux de rester aussi neutre que possible. Mais lorsque sa sœur s'était éloignée et que Vienna s'était approchée de lui, son corps s'était tendu, comme s'il se souvenait des moments de sensualité qu'ils avaient partagés.

Mais rien ne l'avait préparé au coup qu'elle lui avait porté.

Il se gara dans le parking souterrain de son immeuble et guida Vienna jusque chez lui.

— C'est charmant, murmura-t-elle lorsque les portes de l'ascenseur s'ouvrirent sur le hall d'entrée de son appartement.

Elle prit le temps d'admirer la vue imprenable sur le port de Vancouver et le parc Stanley. Puis elle se retourna et se figea en notant ce qui était accroché au-dessus de la cheminée.

— Pourquoi l'as-tu encadré ?

Elle se dirigea vers le croquis qu'elle avait fait de Peyton.

— Je l'aime bien. Qu'est-ce que j'étais censé faire ? L'accrocher au frigo avec des aimants ?

Il se dirigea vers le bar et se servit un whisky pur.

— Tu veux boire quelque chose ?

— Je ne peux pas boire d'alcool, dit-elle en se posant une main protectrice sur le ventre. Et oui, tu es le père. Pourquoi t'aurais-je dit que j'étais enceinte, sinon ?

Jasper se garda de lui répliquer qu'un nombre étonnant de femmes s'étaient jetées sur lui depuis qu'il était devenu l'un des célibataires les plus riches du Canada.

— Ce que tu as fait en Europe ne me regarde pas, mais cela permet de faire des hypothèses...

— Quoi ? s'étrangla-t-elle, visiblement choquée par son allusion. Je n'ai été avec personne d'autre ! Pour qui me prends-tu ?

Pourquoi diable cela lui faisait-il du bien de l'entendre ? Lui non plus n'avait fréquenté personne depuis leur rencontre. Elle était encore trop présente. Il avala une gorgée d'alcool.

— Comment cela a-t-il pu se produire ? demanda-t-il d'un ton plus doux.

Au moment où il avait constaté la défaillance du préservatif, le spectre d'une nouvelle grossesse surprise avait surgi dans son esprit. Mais Vienna lui avait rappelé qu'elle ne pouvait pas tomber enceinte, et il avait chassé cette histoire de son esprit.

— La spécialiste n'a pas su m'expliquer pourquoi c'est arrivé avec toi et jamais avec Neal, dit-elle d'une voix basse et troublée. Peut-être parce que je n'étais plus stressée ? Une fois séparée de lui, j'ai commencé à mieux manger et à mieux dormir. J'étais plus heureuse. Moins malheureuse, plutôt. La médecin pense que cela a peut-être stabilisé mon corps sur le plan hormonal. La nature est mystérieuse. Capricieuse. Et l'alchimie varie d'un couple à l'autre.

Ses joues rosirent. Jasper ne put s'empêcher de trouver cela adorable. Oui, ils avaient une alchimie particulière. Il pouvait ressentir l'attraction qu'elle exerçait sur lui, même s'il résistait à l'idée d'accepter pleinement cette nouvelle. Non pas qu'il ne voulût pas du bébé, mais il ne voulait pas le désirer puis s'apercevoir que ce n'était pas le cas de Vienna.

— Donc j'ignore pourquoi je suis tombée enceinte, mais je le suis. De toi.

— Et... ?

Jasper se retint de formuler clairement sa question, de peur que la réponse de Vienna ne soit pas celle qu'il voulait entendre.

Mais que voulait-il entendre ? Il n'était pas certain de le savoir...

Vienna cligna des yeux et sembla s'entourer d'un manteau de dignité. Elle se redressa.

— Je sais que ce n'est pas quelque chose que tu as envisagé.

Je tenais à t'informer parce que j'estime que tu as le droit de savoir.

De savoir quoi, nom d'un chien ? faillit-il crier, avant de s'exhorter au calme.

— Je n'essaie pas de te mettre la pression. Je suis parfaitement capable de l'élever seule, poursuivit-elle.

Il se sentait engourdi. Comme s'il se tenait à l'extérieur de son propre corps.

— Tu vas le garder ? bredouilla-t-il.

— Oui ! Oh mon Dieu, oui ! Comment peux-tu poser la question alors que tu sais à quel point je veux un bébé ? Je le veux tellement !

Ses yeux étaient humides, sa voix empreinte d'une émotion brute. Jasper était paralysé. Il n'avait pas réalisé à quel point il avait eu besoin d'entendre ces mots. Il n'avait pas réalisé à quel point ces mots allaient l'affecter. Un séisme intérieur mit à bas le mur de protection qu'il avait érigé par réflexe, parce que c'était trop gros, trop improbable.

Or c'était réel, désormais. Il allait devenir père. Sa vie allait changer du tout au tout.

— J'espérais que tu serais heureux, poursuivit Vienna en essuyant ses joues baignées de larmes. Ou au moins... pas en colère. J'ai l'impression d'être une source permanente de problèmes pour toi. Je ne le fais pas exprès, je te le jure. Je l'élèverai seule. Tu n'auras pas à t'impliquer. Je ne te demanderai rien et si tu ne veux pas révéler que tu es le père, ce n'est pas grave. Je comprendr...

— Tais-toi, Vi, pour l'amour du ciel ! Si tu as ce bébé, alors *nous* avons un bébé. Cette fois, je suis impliqué à cent pour cent.

9

— Que... quoi ?

En une seconde, Vienna venait de passer d'une joie timide – Jasper semblait semble désirer le bébé – à une profonde confusion.

— Que veux-tu dire par « cette fois » ? Oh mon Dieu ! s'écria-t-elle, frappée par l'évidence. Tu as déjà un enfant !

La jalousie la poignarda si fort qu'elle se plia presque en deux. Dès qu'elle avait appris sa grossesse, elle avait voulu partager la nouvelle avec lui, même sans savoir comment il réagirait. Au fond d'elle-même, elle avait espéré qu'il partagerait sa joie, mais elle s'était aussi préparée à un rejet.

En revanche, elle n'avait pas commencé à réfléchir au rôle qu'il pourrait jouer dans la vie de son enfant, pas plus qu'à lui offrir le choix de s'impliquer ou non. Il ne lui était jamais venu à l'esprit qu'il pouvait déjà avoir un enfant.

— Non, murmura-t-il après avoir vidé son verre. L'autre grossesse a été interrompue.

— Quand ? Je veux dire que j'aimerais savoir ce qui s'est passé, se reprit-elle. Si tu veux bien me le dire. Manifestement, cela affecte la façon dont tu réagis à ma grossesse.

Elle se laissa tomber sur le canapé, abasourdie par cette nouvelle et par l'émotion qui se dégageait de Jasper.

— C'est vrai. C'est arrivé juste après le décès de maman.

Papa et Amelia étaient anéantis. Mon avenir s'était assombri. Ma petite amie et moi avions utilisé des préservatifs, mais...

— C'est pour cela que tu étais bouleversé et furieux ce jour-là, comprit-elle.

Elle n'avait pas oublié la manière dont il s'était renfermé sur lui-même.

— Je m'étais juré de ne plus jamais être aussi négligent, marmonna-t-il. Mais tu as dit que tu ne pouvais pas tomber enceinte, et je savais à quel point cela te faisait souffrir. Alors je n'ai pas insisté.

— Tu lui en veux pour ce qu'elle a décidé de faire ? demanda prudemment Vienna.

— Non. Son corps, son choix. Je suis tout à fait d'accord avec ça. Elle avait dix-sept ans, comme moi. Je ne savais pas comment j'aurais pu assumer encore plus de responsabilités à l'époque, alors je comprends tout à fait qu'elle se soit sentie dépassée. Une partie de moi était soulagée de ne pas avoir à prendre la décision, je l'admets volontiers. Peut-être que si les choses avaient été différentes, nous nous serions mariés et aurions fondé une famille à un meilleur moment.

— Tu étais amoureux d'elle.

De longs tentacules de jalousie s'accrochaient à sa peau, introduisant leur poison dans ses organes. Son cœur se tordait, à l'agonie.

Jasper se passa la main sur le visage, puis se massa la nuque.

— Autant qu'un adolescent moyen peut l'être. Nos sentiments auraient peut-être mûri en même temps que nous, mais nous n'avons pas eu l'occasion de le découvrir. Elle est allée vivre chez sa tante. Je pensais que...

Il s'interrompit dans un juron et détourna le visage, sans doute pour qu'elle ne puisse pas déchiffrer ses émotions.

— Elle a envoyé sa tante me dire qu'elle avait décidé d'avorter, reprit-il d'une voix sombre. Elle pensait peut-être que je serais en colère ou que je lui en voudrais. Cela m'a toujours dérangé qu'elle n'ait pas osé me le dire elle-même.

J'ai l'impression de l'avoir déçue d'une manière ou d'une autre. Mais je pense que c'est sa tante qui a insisté pour me parler, parce qu'elle avait un message à me faire passer.

— Lequel ?

Son expression devint lugubre, ce qui prouvait à quel point cet épisode continuait à le ravager.

— Elle a dit qu'Annalise avait réalisé que sans moi elle aurait un avenir meilleur. Qu'elle pouvait espérer mieux, alors qu'elle ne voulait pas se lier à moi.

Il la regarda dans les yeux, un regard absent, vide, lointain. Vienna ne savait que trop bien à quel point ce genre de mots pouvaient blesser.

— C'est vraiment horrible, Jasper. Tu ne méritais pas ça.

Ses paroles étaient sincères : Jasper était en fait très attentionné, altruiste et généreux.

— C'était horrible, en effet.

— Je n'essayais pas de te mettre à l'écart, affirma-t-elle. Je suis encore sous le choc de cette grossesse. Je voulais que tu le saches, parce que cela me semblait honnête et juste. Mais compte tenu de la façon dont j'ai fait déraper tes projets pour REM-Ex, je ne m'attendais pas à quoi que ce soit de ta part.

— J'attends des choses de moi-même. J'ai des obligations envers mon enfant, exactement comme toi. J'ai des obligations envers la femme qui porte mon enfant. Vous êtes tous les deux sous ma responsabilité, Vienna. À partir de maintenant. Ton divorce est définitif, n'est-ce pas ?

— Oui, mais...

Son esprit se heurtait à ce mot terrible : « obligation ».

— Mon divorce est prononcé, oui, mais il m'a fallu des années pour y parvenir. Je me suis battue pour gagner le droit de faire mes propres choix. Je n'abandonnerai cela à personne.

— Tu oublies que je suis le père de ton bébé. Et tu devrais aller discuter avec Amelia, parce que devine quoi ? les bébés dirigent ta vie pendant environ vingt ans !

— Je le sais ! Je ne dis pas que tu ne peux pas être impliqué, Jasper, mais tu ne peux pas m'emmener ici et me dire comment ça va se passer à la seconde où je t'annonce que je suis enceinte. Je n'ai pas eu le temps de réfléchir.

— À quoi veux-tu réfléchir ? La situation est simple, ce n'est pas comme si avoir plus d'informations pourrait influer sur ta décision. Tu veux le bébé, je veux le bébé, donc serrons-nous les coudes pour donner à notre enfant le meilleur départ possible dans l'existence.

— De quelle manière ? Un mariage sans amour ? J'ai déjà donné et c'est non. Je ne peux pas. Et tu ne me feras pas croire que c'est ce que tu souhaites. Pas après ce que tu viens de dire.

Sa voix se brisa et elle détourna le regard. Était-il toujours amoureux de cette Annalise ? Ne serait-ce qu'un peu ? Cette pensée lui rongeait l'âme.

Les mains dans les poches, la mâchoire jouant nerveusement sous la peau tendue de ses joues, Jasper dardait sur elle son regard bleu perçant.

— Ton mariage ne manquait pas seulement d'amour, si je t'ai bien écoutée. Il manquait aussi de respect mutuel. Or nous l'avons.

— Vraiment ? riposta-t-elle, farouche. Tu viens de m'accuser d'avoir eu la cuisse légère en Allemagne et d'essayer de te refiler le bébé de quelqu'un d'autre !

Il soupira et se pinça l'arête du nez.

— J'ai été pris au dépourvu. Franchement, j'ai du mal à faire confiance depuis que les gens qui m'ont engagé ont tué mon ami et ont essayé de me faire porter le chapeau. Mais ce n'est pas ta faute, alors je m'excuse pour ce que j'ai dit.

Seigneur ! Il ne l'aidait pas du tout lorsqu'il était juste et reconnaissait ses propres erreurs.

Vienna enfouit à nouveau son visage dans ses mains, essayant de trouver une raison de garder ses distances avec lui.

Ce fut Jasper qui brisa le silence :

— Nous voulons tous les deux ce bébé, Vi.

— Cela ne veut pas dire que nous réussirons à former un couple.

— Nous sommes assez doués, comme couple, ironisa-t-il. Trop doués, même...

Elle lui fit les gros yeux. Lui rappeler leur alchimie sexuelle était vraiment un coup bas, qui envoya une onde de chaleur entre ses jambes. Le regard brûlant de Jasper la forçait à se souvenir de la façon dont ils avaient conçu ce bébé, lui promettant encore plus de plaisir.

— Le mariage semble convenir à Amelia et Hunter, insista-t-il.

— Bien sûr que Hunter est tombé amoureux d'Amelia ! Impossible de ne pas l'aimer, elle est parfaite !

Et pas moi. Cette douloureuse évidence la frappa au plus profond de son cœur. Elle voulait être aimée. Elle le voulait vraiment.

— Il est vrai que je n'ai pas le potentiel d'affection et de bienveillance de ma sœur. J'ai toujours préféré vivre seul, mais je ne resterai pas loin de mon enfant. Nous devons à notre bébé l'effort de l'élever ensemble. Si tu t'attendais vraiment à ce que je ne veuille pas entendre parler de ce bébé, pourquoi m'avoir révélé son existence ?

La poitrine de Vienna se resserra, comme prise dans un étau. Jasper la forçait à affronter le véritable motif de sa venue. Elle aurait pu attendre des mois avant de lui dire qu'elle était enceinte de lui. Elle aurait pu mentir pendant des années, affirmant à qui voulait l'entendre que le père était un Européen ou un donneur anonyme.

La vraie raison pour laquelle elle avait voulu tout lui avouer était qu'elle avait cherché une excuse pour le voir. Pour voir s'il la désirait encore. Peut-être que tel était le cas, sexuellement parlant, mais ce qu'il voulait vraiment, c'était le bébé. Pas elle.

Malgré tout, cette perspective était séduisante. Elle ne

voulait pas vivre seule cette aventure si elle n'y était pas obligée.

— C'est vrai, je préférerais que tu t'impliques, dit-elle timidement. C'est juste que je ne sais pas à quel point.

— Je suis partant, à mille pour cent.

Vienna se leva et commença à faire les cent pas, agitée.

— Pèse tes mots, Jasper. Tu ne sais pas ce qu'est réellement ma vie. Entrer dans le clan Waverly n'est pas une partie de plaisir. Demande à ta sœur...

— C'est ce qui t'inquiète ? Que je craigne les retombées publiques et médiatiques ?

— Je te promets qu'ils ne te rateront pas.

— Je m'en fiche complètement. Ce bébé est devenu ma priorité absolue.

— Comme ça ? demanda-t-elle en claquant des doigts. Tu n'as appris son existence qu'il y a vingt minutes !

— Combien de temps cela a-t-il pris pour toi ? la provoqua-t-il.

En son for intérieur, Vienna dut reconnaître qu'il avait raison : ce bébé était devenu sa priorité absolue à la seconde où elle s'était sue enceinte. En fait, elle était angoissée à l'idée que la presse leur tombe dessus parce qu'ils n'étaient pas mariés.

— Tout va tellement vite... Prenons un peu de temps, suggéra-t-elle. Normalement, pendant les trois premiers mois, la grossesse reste secrète. Au cas où...

— Est-ce que cela te préoccupe ? Comment te sens-tu ? C'est la première chose que j'aurais dû te demander, pardon.

Il vint se placer devant elle et lui tendit une main comme si elle risquait de s'évanouir.

— Tout va bien. J'ai un peu peur de trop m'attacher et que ce bébé me laisse tomber, mais je suppose que c'est normal.

— Oui, c'est compréhensible. Si tu préfères que cela reste entre nous pour l'instant, je suis d'accord. Et physiquement, tout va bien ?

— J'ai des nausées et je suis fatiguée, certains aliments

ont un goût bizarre, mais rien que je ne puisse supporter. C'est normal pour un début de grossesse, je suppose.

— Tant mieux. Écoute, je n'ai rien contre le fait d'attendre pour annoncer les choses, y compris à la famille, mais je veux partir du principe que nous accueillerons ce bébé ensemble en... ?

— Mai.

Vienna frissonna. C'était si proche ! Et surréaliste. Elle n'était pas préparée.

Le visage de Jasper s'illumina soudain d'un sourire.

— Je suis né en mai ! Nous allons traverser cette grossesse ensemble, reprit-il, l'air grave de nouveau. Tout ce qui arrivera nous arrivera à tous les deux. Tu n'auras pas à l'affronter seule. Je serai aussi investi dans ce bébé que toi.

Elle cilla pour empêcher les larmes de couler. Les paroles de Jasper étaient plus que réconfortantes pour elle, qui avait dû faire face seule à toutes ses déceptions passées.

— D'ailleurs, il faut profiter de ce temps pour apprendre à nous connaître avant que le bébé ne vienne tout bouleverser.

— Tu veux que nous vivions ensemble ? Ici ?

Vienna jeta un regard neuf sur l'appartement, se disant que cela pourrait lui plaire ; surtout avec Amelia et Hunter si près d'elle.

— À Santiago du Chili, d'abord.

— Que... quoi ?

Hunter se pencha dans l'embrasure de la chambre d'amis que Vienna occupait lorsqu'elle lui rendait visite à Vancouver.

— Tu es sûre de toi, Vi ? Si j'en crois Amelia, Jasper est aussi fiable que solide, mais tu sors d'un mariage difficile. Tu as passé quelques jours avec lui il y a un mois et tu es prête à le suivre au Chili ? Tu le connais à peine !

— C'est le but.

Elle sourit à son frère, auquel elle ne voulait pas montrer ses doutes.

Jasper et elle étaient revenus dîner la veille et avaient annoncé que Vienna accompagnerait Jasper à Santiago ; il n'avait pas été question du bébé. Hunter et Amelia avaient été surpris, mais Amelia avait affirmé qu'elle était ravie qu'ils aient une aventure. « Et plus si affinités », avait-elle ajouté avec un clin d'œil.

— Nous aurions pu faire plus ample connaissance à Tofino si nous en avions eu l'occasion, reprit Vienna. Comme Jasper doit séjourner un certain temps à Santiago et que je n'ai pas d'obligations, l'occasion était bonne d'apprendre à se connaître. Si ça ne marche pas entre nous, je rentrerai à la maison.

Pourvu que ça marche ! songea-t-elle, tout en se demandant ce que recouvraient ces mots pour elle. La réponse lui vint immédiatement : l'amour. Elle ne pourrait pas se contenter de moins. Même si elle ne parvenait pas à se débarrasser de sa peur tenace de ne pas être le genre de personne digne d'être aimée.

— Je... Nous n'avons pas abordé le sujet hier soir, mais tu as vu Eden au mariage de Quinn et Micah. Comment va-t-elle ?

Son frère semblait à la fois gêné d'avoir posé cette question et inquiet pour son ex-fiancée – la meilleure amie de Vienna.

— Elle semble très heureuse. Je m'excuse une dernière fois de t'avoir arrangé le coup avec elle. Je te promets de ne pas poursuivre une carrière d'entremetteuse.

— Tu as raison : tu ferais faillite en deux semaines ! plaisanta-t-il.

Vienna souleva sa valise, mais Hunter la lui prit des mains.

— Je vais la descendre.

— Merci. Tu t'inquiètes vraiment du fait que j'aille au Chili avec Jasper ?

— Pas vraiment inquiet. Disons que je préfère t'avoir près de moi, sœurette. Tu vas me manquer, aussi loin.

— Toronto n'est pas spécialement proche...
— Cinq heures, c'est mieux que seize. Et puis je vais à Toronto tous les deux mois.
— J'aime bien le sentimental que tu es en train de devenir, le taquina-t-elle avec un léger coup de poing sur le torse.
— Je veux que tu sois heureuse, Vi. Tu es sûre que cela te permettra de l'être ?
— Il n'y a qu'une seule façon de le savoir, soupira-t-elle.
Hunter hocha la tête et lui descendit sa valise jusqu'à la voiture de Jasper.

10

Jasper avait affrété un jet privé et engagé une infirmière obstétricienne, qui resterait pour assurer les soins prénataux jusqu'à ce que Vienna trouve un médecin à Santiago.

Il essayait encore de se faire à l'idée de devenir père. Il avait eu deux avis successifs différents sur la question. Tout d'abord, il s'était projeté dans une vie semblable à celle qu'il avait connue : une femme, des enfants, une famille stable et aimante. Puis il avait perdu sa mère, avait été témoin de la douleur de son père et avait été jugé indigne d'être un mari et un père.

Malgré cela, malgré ses doutes sur la viabilité de leur relation – ils venaient de mondes très différents –, il était certain de vouloir ce bébé avec Vienna.

Celle-ci interrompit le cours de ses pensées :

— Je peux te poser une question ?

— Bien sûr.

Il jeta un coup d'œil vers le fond de la cabine. L'infirmière regardait un film, un casque sur les oreilles.

— Je me demande à quel point tu es riche et pourquoi tu ne me l'as pas dit. Je sais que c'est un peu déplacé, comme question, mais je pense que tu comprends mes interrogations, non ? J'ai eu l'impression à Tofino que REM-Ex était beaucoup plus puissant que toi, et tu les as achetés !

Jasper fut propulsé dans le passé, sur le parking du

supermarché, étreint par le besoin vital de prouver sa valeur à une femme qui avait oublié son existence, sitôt remontée la vitre teintée de sa Lexus.

— Je suis assez riche pour que nous ayons besoin d'un contrat de mariage solide si nous décidons de nous marier.

— Je n'aurais pas dû demander. Je ne voulais pas t'offenser.

— Ce qui m'offense, c'est d'avoir été jugé sur ce que j'avais ou n'avais pas. Orlin Caulfield a commis cette erreur en me sous-estimant.

— Que va-t-il lui arriver ? Est-ce dangereux pour nous, d'être à Santiago ?

— Je ne t'aurais pas emmenée si j'avais pensé que c'était dangereux. En général, ma prise de fonction a été accueillie avec enthousiasme, parce que je fais le ménage. L'enquête sur la mort de Saqui progresse. J'ai un mail qui prouve qu'Orlin est derrière tout cela. Aujourd'hui, il est incapable d'accéder à ses actifs canadiens et il est coincé sur son bateau, avec peu de ports d'escale possibles où il ne serait pas arrêté et extradé.

— Cela te satisfait ?
— Pour l'instant.

Il ne serait jamais satisfait avant qu'Orlin ne pourrisse derrière les barreaux.

— Je ne veux pas qu'il y ait entre nous le moindre ressentiment parce que j'ai ruiné ton plan pour le faire arrêter, insista Vienna.

Elle le fixait droit dans les yeux. Il pourrait se noyer dans ce regard s'il n'y prenait pas garde. Ils avaient un long chemin à parcourir avant de se faire confiance l'un à l'autre, alors il opta pour l'honnêteté, aussi brutale que cela puisse être :

— En mémoire de Saqui, je n'aurai pas de repos tant qu'Orlin ne sera pas en prison. Mais il n'est pas très sain de laisser pourrir de la rancœur entre nous, alors je fais de mon mieux pour passer outre.

La rancune avait toujours été son carburant. Il ne savait

pas comment fonctionner sans ressentir cette brûlure à l'intérieur.

Vienna tressaillit et détourna le regard en hochant la tête. Elle était tellement sensible ! Elle ressentait tout deux fois plus fort que la plupart des gens.

— Au moins, je sais à quoi m'en tenir, dit-elle, l'air un peu pincé. Je vais aller m'allonger dans la chambre.

Il était encore tôt, mais Jasper ne tenta pas de la retenir.

Ils avaient quitté la bruine de l'automne à Vancouver pour le début du printemps à Santiago. Les Andes enneigées formaient la toile de fond d'une ville fascinante et contrastée. Des vignes foisonnantes et de grands palmiers poussaient entre les vieux bâtiments en pierre de style colonial, qui côtoyaient des gratte-ciel modernes en métal et verre. Le ciel clair et ensoleillé projetait des ombres profondes dans les rues étroites, où des femmes âgées tenaient des boutiques de fleurs odorantes ou des étals de légumes.

Vienna était enchantée par cette promenade en ville. Elle en avait presque oublié ses inquiétudes quant à leur relation. Car si Jasper continuait à lui en vouloir, et même s'il essayait d'arranger les choses, ils n'auraient aucune chance.

Ils déjeunèrent avec la directrice d'une agence immobilière, car Jasper tenait à quitter la suite qu'ils occupaient dans un palace le plus vite possible. La femme, dynamique et enthousiaste, avait pour mission de leur trouver une maison avec plusieurs chambres à coucher, pour que la famille puisse leur rendre visite, des espaces de réception, des logements pour le personnel, un jardin sans vis-à-vis et, si possible, une piscine.

— Je pensais te confier les rênes de cette mission, dit Jasper tandis qu'ils traversaient un parc sur le chemin de l'hôtel.

— Tu... tu me fais confiance ? demanda-t-elle, étonnée.

— J'adore ta maison de Tofino.

— C'est Hunter qui l'a trouvée.

— Oui, mais nous l'aimons tous les deux, nous avons des

goûts similaires. Et puis tu sais ce qui pourra te convenir comme atelier.

Vienna avait glissé ce souhait dans la conversation avec l'agent immobilier : un endroit à elle pour peindre et dessiner.

Elle s'arrêta au milieu de l'allée. Pendant une seconde, elle ne put que le fixer.

— Quoi ?

— Cela me surprend toujours que tu sois si prévenant, avoua-t-elle, gênée. Je n'y suis pas habituée.

Ils reprirent leur marche en direction de l'hôtel.

— Nous arrivons tous les deux avec des bagages dans cette relation, déclara Jasper. Parfois, l'un trébuchera sur la valise de l'autre. Mais je préférerais ne pas être comparé à ton ex.

— Crois-moi, il n'y a pas de comparaison possible entre Neal et toi ! Et il n'était pas le seul à se ficher de ce que je voulais ou de ce dont j'avais besoin.

Elle détestait l'admettre, car persistait en elle la crainte qu'elle avait mérité la façon dont elle avait été traitée, parce qu'elle n'avait jamais été à la hauteur. Peut-être que ce n'était qu'une question de temps avant que Jasper ne s'en aperçoive aussi.

— Ta belle-mère ?

— Oui. Narcissique, nymphomane, accro à l'alcool et peut-être à la drogue...

— Pourquoi ton père est-il resté avec elle ?

— Je n'en sais rien. Mais il l'a fait et il a toujours pris son parti. Ce qui à mes yeux le rend aussi mauvais qu'elle. Voire pire, parce qu'il aurait dû me protéger.

— Où était Hunter, pendant ce temps ?

— C'était un enfant, lui aussi. Et il vivait la même chose que moi, à savoir par exemple l'humiliation d'avoir une belle-mère qui ne portait jamais de culotte et dansait sur les tables à la moindre occasion. Hunter me défendait et parlait à notre père, mais il a commencé à travailler à Wave-Com dès le lycée. Je sais qu'il s'est senti coupable de me laisser seule avec eux quand il est parti à l'université.

— Ce n'est pas le genre de père que j'ai l'intention d'être, dit gravement Jasper.

— Je sais. Ils m'ont laissée avec d'horribles problèmes d'estime de soi. Tout le monde me demande toujours pourquoi je ne travaille pas à Wave-Com. Quand j'avais quinze ans, j'ai demandé à papa si je pouvais faire un stage d'observation au département marketing, dans le cadre d'un projet scolaire. Irina a éclaté de rire. Elle a affirmé que je n'étais pas assez intelligente pour travailler dans l'entreprise. Que ma présence ne ferait qu'embarrasser mon père. Il a dit non, et je ne lui ai plus jamais rien demandé. Irina voulait toujours être au centre de l'attention, même si pour cela elle devait se moquer devant mes amis ou les siens de mon corps d'adolescente en pleine puberté, de mes notes à l'école, de mes dessins.

— Regarde où elle en est maintenant, la rassura gentiment Jasper.

— S'il y a un dieu, elle a épousé Orlin Caulfield !

Il éclata de rire.

— Le fait est qu'elle a mis à mal ma conviction que je pouvais faire quelque chose de bien. Le mariage qui devait prouver à mon père que j'étais un atout pour l'entreprise a tourné au désastre. Puis, lorsque j'ai demandé le divorce et que je me suis dit que je pouvais repartir sur une page blanche...

Elle grimaça et jeta un coup d'œil à son ventre, puis ils échangèrent un regard ironique. Jasper lui prit la main.

— Je suis content que tu me l'aies dit. Je suppose qu'Irina était jalouse parce que tu es très belle. Je suis sûr qu'elle s'est sentie menacée par cela.

— Tu parles ! ricana Vienna, les yeux au ciel.

Ils étaient arrivés à l'hôtel, mais Jasper semblait décidé à poursuivre cette absurde conversation.

— S'il te plaît, dis-moi que tu sais à quel point tu es belle.
— Je sais comment donner le change. Me maquiller, m'habiller. Ce n'est pas la même chose qu'être belle.

Elle traversa le hall en direction des ascenseurs et entra dans une cabine, Jasper à sa suite.

— La plus belle femme que j'aie jamais vue portait mon T-shirt et n'était pas maquillée. Elle avait les cheveux en bataille, noués en chignon lâche sur sa tête. Elle m'a dit de ne pas bouger et ne m'a plus vraiment regardé, ce qui m'a rendu fou. Tout ce que je pouvais faire, c'était l'observer.
— Je te dessinais.

Il posa une main sur la paroi de l'ascenseur de chaque côté de sa tête, la coinçant entre ses bras tendus.

— Et tu avais l'air si heureuse de le faire que je voulais rester là pour toujours. Mais c'était tellement érotique que c'en était insupportable. Et tu n'as même pas remarqué...
— Ce n'est pas parce que je te dessinais au-dessus de la taille que je n'étais pas consciente de ce qui se passait sous le bord de la page.

Le regard brûlant de Jasper se posa sur sa bouche. Il pencha lentement la tête vers elle. Allait-il l'embrasser... ? Vienna ne le saurait jamais : la sonnette tinta et les portes s'ouvrirent. Un couple demanda si la cabine descendait, Jasper répondit que non, les portes se refermèrent, ils étaient seuls à nouveau.

Vienna se tourna vers lui, espérant qu'il reprendrait là où ils en étaient avant d'être interrompus. Hélas ! il regardait droit devant lui, l'air absent, comme si le coup de foudre n'avait jamais eu lieu...

Leur spacieuse suite était décorée avec goût dans des tons blancs, bleus et argent. Les immenses baies vitrées du salon offraient une vue magnifique sur Santiago et les montagnes en arrière-plan. À travers une paire de doubles portes, le lit *king size* portait encore les traces de la sieste qu'ils avaient faite à leur arrivée.

L'utiliseraient-ils pour autre chose que dormir ? se demanda Vienna. Elle jeta un bref coup d'œil à Jasper. Il la regardait fixement.

— Quoi ? demanda-t-elle.

— Je... enfin, par rapport à ton état, est-ce que tu... il faudrait peut-être demander à l'infirmière si..., bredouilla-t-il. Mais l'important n'est pas ce que dit la médecine, mais ce dont tu as envie.

Vienna se retint d'exploser de rire. Au moins, à tourner ainsi autour du pot, il rendait la situation plus légère et atténuait son embarras, même si ses joues avaient rosi.

— Jasper, tu m'as vraiment fait venir jusqu'ici en pensant que nous ne ferions pas l'amour ? Je veux dire, j'ai supposé que nous le ferions, mais... Je veux dire que je n'ai pas fait tout ce chemin pour ne pas...

— Ah bon ?

Il s'approcha d'elle, l'air guilleret. Son pouls s'accéléra et son corps manifesta son enthousiasme. Pourtant, elle ne put s'empêcher de chercher sur ses traits un signe indiquant que c'était plus que du sexe pour lui.

Ce qui n'était pas réaliste. Ils n'avaient passé que quelques jours en compagnie l'un de l'autre, pourtant Jasper Lindor avait rempli ses pensées pendant le mois où ils avaient été séparés. Elle commençait à avoir l'impression de le connaître suffisamment pour savoir que des sentiments plus profonds étaient en train de naître – pour elle, en tout cas. Mais elle voulait vraiment croire qu'il en allait de même pour lui.

Il interpréta de travers son expression, car il la serra contre lui et lui lissa une mèche de cheveux derrière l'oreille, affirmant d'un ton rassurant :

— Ne t'inquiète pas, Vi. Je peux y aller en douceur. Ne te fie pas à mes performances précédentes.

— Je ne sais pas si tu as remarqué, mais je n'ai pas déposé de plainte, plaisanta-t-elle. En fait, je t'ai laissé cinq étoiles sur Internet.

— C'était toi ? Je n'étais pas sûre que TofinoBabe soit toi ou... aïe !

Il attrapa la main qui lui pinçait le bras, et le coin de sa bouche se retroussa en un sourire très sexy. Seigneur, comme il était beau !

— Je ne raconte jamais mon intimité en ligne, reprit-il, taquin, mais bien sûr tu as cinq étoiles, toi aussi. D'ailleurs, il n'y a pas assez d'étoiles pour dire à quel point c'est génial de faire l'amour avec toi.

Juste du sexe, alors... , songea Vienna avec un pincement au cœur, tandis qu'elle lisait le désir dans son regard.

— Nous pouvons prendre notre temps, murmura-t-il en lui caressant la nuque avec délicatesse. Nous avons beaucoup de choses à faire. Dis-moi ce dont tu as envie.

Elle ouvrit la bouche, mais les mots ne se formaient pas. Il la touchait à peine et elle avait déjà envie de se fondre en lui.

Elle posa sa main sur son torse. Il inclina la tête et posa les lèvres contre son cou. Au début, elle ne sentit que son souffle, un tourbillon chaud sur sa peau sensible, puis un léger pincement de ses lèvres.

Elle gémit. Ses genoux fléchirent. Les bras de Jasper se resserrèrent autour d'elle.

— Je ne t'ai même pas encore embrassée !

L'effet qu'il avait sur elle était magnifiquement dévastateur. C'était terrifiant. Elle se perdait à chaque fois, mais elle succombait quand même.

Néanmoins, Jasper semblait déterminé à la conquérir à son propre rythme. C'était une petite frustration, parce qu'elle aurait préféré se consumer comme une torche, aveugle et sourde au reste du monde. Elle voulait savoir qu'il était aussi touché par elle qu'elle l'était par lui. Il fit glisser les mains en lents cercles sur son dos et ses hanches, lui effleura les lèvres de ces baisers presque douloureux tant ils étaient tendres.

— Jasper..., supplia-t-elle.
— Laisse-moi apprendre, demanda-t-il d'une voix douce.

Il déboutonna la veste en satin de Vienna et en ouvrit les pans. Puis il lui enserra la taille de ses paumes et fit glisser le pouce sous ses seins, le long de son petit haut court. Elle ne portait pas de soutien-gorge. Les pouces de Jasper atteignirent ses tétons.

— Attention, ils sont sensibles...

Il adoucit sa caresse. Sa bouche lui effleura le front, puis il lui mordilla le lobe de l'oreille du bout des dents.

— Chaque nuit, je m'imagine te toucher à nouveau, avoua-t-il. Je pense à l'escalier, à notre baiser dans les bois, quand je voulais te prendre contre cet arbre. Ce n'était pas assez. Rien de tout cela. Je voulais plus de temps. Comme maintenant, plus de temps.

Vienna retira la chemise de Jasper de son pantalon, cherchant la chaleur de sa peau. Il gémit et frissonna, mais n'accéléra pas le lent glissement de ses mains ni l'effleurement sans hâte de ses lèvres vers les siennes.

Frustrée, elle lui embrassa la bouche avec ferveur et glissa la langue à la rencontre de la sienne. Il passa la main à l'arrière de la tête de Vienna qui s'écarta légèrement, ce qui eut pour effet de rompre leur baiser. Leurs lèvres ne faisaient plus que se frôler, à présent.

— Embrasse-moi ! exigea-t-elle.
— C'est ce que je fais, répliqua-t-il, taquin.

Il déposa de doux baisers sur sa lèvre supérieure, puis sur son menton, sa gorge. Ses lèvres sensuelles descendirent entre ses seins.

Vienna ne savait pas comment gérer autant de sensations exquises, autant d'attention et de soin. Elle passa les doigts dans les cheveux de son amant. Celui-ci fit descendre la fermeture Éclair de sa jupe-culotte, qui glissa sur ses hanches.

— Tu me fais peur, admit-elle.

Jasper s'immobilisa.

— J'arrête ?

— Non. Continue. S'il te plaît, continue, supplia-t-elle d'une voix éraillée.

Mais ne me prends pas tout. Baiser après baiser, caresse après caresse, il lui volait chaque parcelle de son âme.

— Qu'est-ce qui te fait peur ?
— Ce que tu me fais ressentir... c'est trop.

Et pas assez à la fois. Elle n'en pouvait plus d'attendre. Alors elle tira sur sa ceinture et ouvrit sa braguette, puis glissa sa main dans son caleçon. Elle empoigna son érection d'acier et entama un lent va-et-vient de haut en bas, le souffle court.

Jasper releva la tête. Elle put constater que sa caresse lui avait brouillé le regard, avant qu'il n'écrase la bouche contre la sienne. D'un bras, il la maintint fermement tandis que son autre main s'immisçait entre ses cuisses.

Oh ! mon Dieu...

Vienna faillit jouir instantanément lorsqu'il trouva son clitoris, avec lequel il joua en expert.

— Laisse-moi te regarder, haleta-t-il.

Un doigt la pénétra, puis deux. Dans le même temps, il la caressait de la paume. Elle ondulait les hanches pour accentuer la divine caresse. Elle s'agrippa à lui, soulevée par des vagues de plus en plus fortes. Laquelle l'amènerait au sommet ?

Soudain, un ressac plus violent que les autres l'emporta.

Elle est ici. Elle ne va nulle part, se répétait Jasper.

Il tâchait de calmer son avidité, mais le loup en lui était affamé, excité, et hurlait à la lune.

Tandis qu'alanguie Vienna reprenait ses esprits sur le grand lit, il se débarrassa des derniers vêtements accrochés à leurs corps brûlants. Lorsqu'il s'étendit sur elle, la seule chose qui lui permit de ne pas perdre complètement la tête fut le léger tressaillement de tout son corps lorsqu'il lui effleura le sein.

Il se souvint alors qu'il devait être prudent avec elle. Pas à cause de sa grossesse, mais parce qu'elle était délicate, sensible, et que son cœur était facilement meurtri. Elle était si douée pour le cacher qu'il l'oubliait parfois, mais c'était une artiste dans l'âme, qui ressentait tout.

Un élan de tendresse irrépressible et un besoin de protection l'envahirent. Il le repoussa : il devait se protéger, lui aussi, n'est-ce pas ?

Pourtant, lorsqu'elle frôla son épaule et son cou du bout des doigts, il comprit qu'elle l'avait déjà envoûté – et que le point de non-retour était bien plus proche qu'il ne l'aurait cru...

Il voulait la dévorer. Mais lorsqu'il posa la bouche sur ses lèvres tremblantes, il s'attarda, prit son temps pour approfondir leur baiser, ralentir ses caresses, repoussant le moment où il se perdrait en elle.

Il avait besoin de signes montrant que les défenses de Vienna étaient tombées. C'était la seule façon pour lui de baisser sa propre garde. Elle lui embrassa le torse, lui lécha les tétons, lui mordilla le biceps, le regard flou, la respiration saccadée. Ses mains lui appuyaient sur les fesses pour qu'il vienne en elle.

Alors, rassuré, il s'enfonça profondément en elle, d'une seule poussée.

Aussitôt, il fusionna avec elle, dépouillé de l'essence même de son être. Elle était à lui. Entièrement. Ils ne faisaient plus qu'un.

Il lutta pour recouvrer un semblant de lucidité, en vain. Vienna s'abandonnait totalement, entre soupirs et gémissements, et cette preuve qu'elle était aussi impuissante que lui face au désir qui les consumait dans le même brasier sensuel était ce qu'il avait fantasmé pendant les semaines qui avaient suivi leur séparation.

Alors, malgré sa volonté de la conduire inexorablement vers l'apogée, il perdit peu à peu le contrôle. Des picotements électriques parcouraient sa colonne vertébrale. Cette douce et tendre étreinte aurait dû aboutir à une libération tout aussi tendre et douce, mais lorsque Vienna s'arc-bouta sous lui, que sa bouche s'ouvrit dans un cri silencieux, que sa féminité aspira voracement sa virilité, un orgasme cataclysmique le traversa, brutal dans sa force et implacable dans sa durée.

Il s'était perdu, à cause d'elle, grâce à elle ou pour elle, il n'en savait rien ; et, dans ces instants d'euphorie, il s'en fichait complètement.

11

Après plusieurs jours rythmés par des ébats intenses, Vienna en était arrivée à la conclusion que le sexe avec Jasper était meilleur que dans ses souvenirs. Parce qu'ils apprenaient tous les deux à connaître leurs corps respectifs, à pousser l'autre au-delà de ses limites. Le matin même, elle l'avait rejoint sous la douche et lui avait fait perdre la tête, le laissant affaissé contre le mur carrelé, essoufflé. Il lui avait promis une revanche lorsqu'il rentrerait de sa journée de travail.

Si cette relation échouait et lui brisait le cœur, elle ne la regretterait pas, parce que Jasper lui avait donné la conviction qu'elle était désirable.

Mais le sexe n'est pas suffisant pour construire un avenir. Elle était en train de ruminer cela, s'efforçant de prêter attention à l'agent immobilier qui lui faisait visiter une nouvelle maison, quand son téléphone tinta.

— Les parents de Saqui sont ici pour rencontrer des avocats. On dîne avec eux ce soir ?

Elle répondit aussitôt à Jasper :
— Bien sûr !

Lorsque Jasper revint à l'hôtel, il était distant. D'habitude, leur baiser se transformait en étreinte torride, mais il se contenta de lui caresser la joue et de lui demander comment s'était passée sa journée. Puis il se changea en silence en prévision du dîner. Il était si distrait qu'il en était presque blessant, mais Vienna supposait que son humeur n'était pas liée à elle. Ce dîner devait représenter une épreuve émotionnellement difficile pour lui.

Elle enfila une robe bleue à col rond et se coiffa en chignon, respectant son silence.

— Tu es très beau, lui dit-elle lorsqu'ils furent prêts à partir.

Elle ajusta légèrement son épingle de cravate.

— Et toi, tu es magnifique.

Il lui prit la main et entrelaça leurs doigts tandis qu'ils descendaient vers la voiture qui les attendait devant l'entrée du palace.

Ils dînèrent dans une cour intérieure, au son d'un accordéon. Des guirlandes lumineuses donnaient à l'ensemble une atmosphère apaisante et magique. Les Melilla étaient chaleureux et bienveillants. Vienna en profita pour travailler son espagnol.

Jasper ne cachait pas qu'ils avaient une relation amoureuse. Il la touchait souvent, serrant sa main ou son genou, posant son bras sur le dossier de sa chaise et effleurant son épaule du bout des doigts.

Entre l'entrée et le plat principal, il sortit son téléphone et leur montra les croquis qu'elle avait faits de Peyton.

— *Artista excepcional*, leur affirma-t-il, faisant rougir Vienna.

Au moment de se séparer, la mère de Saqui la serra dans ses bras et lui dit en espagnol :

— C'est bon de le voir heureux.

Vienna aurait voulu la croire, mais Jasper resta silencieux sur le chemin du retour à l'hôtel.

— C'était vraiment difficile pour toi, remarqua-t-elle tandis qu'ils se changeaient dans leur chambre.

— C'est vrai. Ils ne m'en veulent pas, ils me l'ont répété, mais je me sens quand même sacrément responsable.

— Comment était Saqui ? Drôle, comme son père ?

— Très drôle. Et intelligent. Intrépide. La tête sur les épaules. J'aimais beaucoup ce trait de caractère, chez lui. Il était ambitieux, mais pas matérialiste. Il voulait un bon travail pour pouvoir subvenir aux besoins de sa femme et fonder une grande famille. La famille était si importante pour lui ! Si je pouvais au moins...

Il s'interrompit, mais Vienna savait ce qu'il allait dire : s'il pouvait faire condamner Orlin Caulfield, il ne se sentirait peut-être pas si mal à l'aise à l'idée d'avancer dans sa propre vie. Il endurait la culpabilité du survivant.

Elle s'approcha de lui et lui passa les bras autour de la taille. Jasper se raidit.

— Je sais, murmura-t-elle. Je suis vraiment désolée que tu aies perdu ton ami. Ça avait l'air d'être quelqu'un de bien.

Il se détendit progressivement et la serra contre lui.

— Oui, c'était quelqu'un de bien. Vraiment.

Ils restèrent longtemps ainsi enlacés.

Jasper s'était imaginé que vivre avec Vienna lui demanderait des efforts d'adaptation, voire se révélerait par moments étouffant. Or, à son grand étonnement, il appréciait la routine domestique dans laquelle ils vivaient depuis leur emménagement dans leur nouvelle maison.

Celle-ci, superbe, était située au pied de la colline de Manquehue, dans le quartier huppé de Vitacura. Son architecture en terrasses n'était pas sans rappeler celle de la maison de Tofino. La propriété bordée d'arbres et la colline qui s'élevait sur l'arrière donnaient l'impression qu'il s'agissait de la seule maison à des kilomètres à la ronde. De nombreuses fenêtres donnaient sur la pelouse, le belvédère près de la piscine et les lumières de la ville au loin.

Les appartements de maître étaient somptueux, avec leur propre salon, un dressing et une salle de bains digne des meilleurs palaces. Sur la terrasse privée se trouvaient une douche extérieure et une baignoire sur pieds, dans laquelle

Vienna adorait se plonger. Trois chambres spacieuses complétaient l'étage.

Le rez-de-chaussée se composait d'un petit salon de style boudoir, d'une bibliothèque, d'un grand salon et d'une salle à manger ouverte sur une cuisine ultramoderne, elle-même jouxtée par un patio. Une immense et accueillante terrasse s'étendait sur le côté de la demeure.

Enfin, le rez-de-jardin disposait d'une cave à vin, d'une salle de cinéma et d'un bar. La salle de sport bâtie dans l'ancienne orangerie venait d'être transformée en atelier pour Vienna, avec ses hautes fenêtres qui laissaient entrer la lumière naturelle et sa cour privée. Le lieu offrait une atmosphère méditative dont elle aimait être entourée pour travailler.

Dans le dressing, Jasper finit de boutonner sa chemise et se déplaça légèrement afin de pouvoir voir Vienna dans le grand miroir. Après leurs ébats matinaux, elle s'était rendormie.

Les relations sexuelles étaient de plus en plus extraordinaires, ce qui contribuait évidemment à son bonheur, mais ils avaient suffisamment d'intérêts communs en dehors des plaisirs de la chair pour que leur relation ne se limite pas à cela.

Pendant qu'il continuait à restructurer REM-Ex, Vienna avait prospecté pour trouver des artistes chiliens intéressants pour ses clients au Canada. Comme l'art était un investissement judicieux, Jasper lui avait proposé de commencer une collection pour lui, ce qui lui avait valu de nombreux compliments lors de la pendaison de crémaillère, le week-end précédent. C'était Vienna qui l'avait organisée, et l'événement avait été un succès retentissant. Face à la réticence initiale de Jasper, elle avait avancé que, propriétaire d'une société minière internationale, il se devait de recevoir des cadres, des politiciens, des dignitaires. Tout le monde avait trouvé sa « femme » tellement « charmante ». Il n'avait détrompé personne quant à leur lien ; lui-même avait envie de l'appeler ainsi. *Ma femme.*

Il avait si longtemps résisté à l'institution du mariage ! Mais pour leur bébé à venir, pour Vienna, il se devait d'y songer. S'il l'épousait, elle et leur enfant auraient une vraie sécurité matérielle.

Toutefois, Vienna lui avait clairement exprimé ses réserves. Elle ne voulait pas aller plus vite que la musique et souhaitait avoir la certitude que la grossesse irait à son terme. Il essayait de respecter ses desiderata, mais son esprit dérivait sans cesse vers l'achat d'une bague.

Demain, se dit-il. Il n'aurait pas le temps aujourd'hui.

— Tu t'es levé tôt, murmura Vienna en s'étirant dans le miroir.

— Réunions toute la journée avec le ministère de l'Environnement. Nous prenons l'avion pour nous rendre sur le site d'extraction, mais je serai à la maison à l'heure habituelle.

— Oh !... Je pensais que...

Elle s'était redressée, assise sur le lit désormais, adossée aux oreillers.

— C'est très important, je suppose.

C'était le cas. Il avait mis six semaines à obtenir un rendez-vous, depuis le jour où Vienna et lui étaient arrivés au Chili. Tant qu'il n'aurait pas obtenu leur soutien, ses efforts pour relancer l'exploitation minière seraient voués à l'échec.

Pourtant, elle avait l'air abattue. Il se retourna vers elle.

— Qu'est-ce qui ne va pas ?

Elle masqua sa déception et se composa un visage souriant, sans réaliser qu'il la voyait dans le miroir.

— Rien. Je... C'est la première échographie, aujourd'hui. Je pensais que tu viendrais.

— C'est demain, non ?

Il attrapa son téléphone et consulta leur agenda partagé. *Oh ! non...* Comment avait-il pu se tromper ?

— Je vais voir ce que je peux faire.

— Ne t'inquiète pas, je suis sûre que tout se passera bien. Je t'enverrai un message après.

— Tu es sûre ? Je...

— Tout ira bien, le coupa-t-elle. Mais j'ai une discussion vidéo avec un de mes clients avant de partir pour la clinique. Je vais prendre une douche.

Elle se leva et se glissa dans la salle de bains.

Vienna était pétrifiée.

Elle n'avait aucune raison de l'être, mais la peur irraisonnée que quelque chose se passe mal pendant sa grossesse la prenait à la gorge. Si c'était le cas, se dit-elle en entrant dans la clinique, les mains moites et l'estomac retourné, il valait mieux que Jasper ne soit pas là pour la voir s'effondrer.

Et s'ils perdaient ce bébé, perdraient-ils tout ce qui les unissait ? Ils s'étaient rapprochés au cours des dernières semaines, à mesure que leurs vies s'entremêlaient, mais ce lien était-il assez solide pour résister à une telle perte ?

L'échographiste était très chaleureuse et bavarde. Vienna lui confirma que cela faisait douze semaines, à présent.

— J'attends de savoir si cet examen est positif avant de révéler ma grossesse.

La praticienne lui avait étalé de la gelée sur l'abdomen et s'apprêtait à poser la sonde sur la peau lorsqu'on frappa à la porte. La secrétaire entrebâilla la porte et passa la tête.

— Je suis désolée de vous interrompre, mais M. Lindor est ici. Peut-il se joindre à vous ?

— Oh ! s'exclama Vienna, surprise et enchantée. Oui, bien sûr !

Jasper avait l'air tout aussi puissant et viril que le matin même, lorsqu'il avait enfilé sa veste de costume gris clair et l'avait embrassée pour lui dire au revoir. Il salua l'échographiste et déposa un tendre baiser sur le front de Vienna.

— Je croyais que tu étais absent ?

Elle était stupéfaite qu'il ait fait de ce rendez-vous une priorité.

— Je leur ai dit de se rendre sur place sans moi. Si je ne peux pas faire confiance à mon équipe, à quoi bon l'avoir engagée ?

Il lui prit la main et la serra doucement.

— Tout va bien ?

— Nous n'en sommes qu'au début.

La jeune femme pointa du doigt une lueur vacillante sur l'écran.

— Voici le cœur de votre bébé.

Vienna soupira de soulagement. Les larmes lui montèrent aux yeux. Jasper entrecroisa leurs doigts. D'une manière viscérale, elle ressentit les mêmes frémissements les traverser tous les deux, les souder l'un à l'autre.

— Et il pose déjà pour des selfies, ajouta l'échographiste en cliquant sur le profil du fœtus. Je vous imprime le cliché, vous pourrez vous en servir pour annoncer la bonne nouvelle.

— On peut le dire aux gens ? demanda Jasper d'une voix mal assurée. Plus rien à craindre ?

Vienna savait que le cap des douze semaines n'était pas une garantie absolue. Cela signifiait seulement qu'il était moins probable maintenant qu'elle perde le bébé. Mais émotionnellement c'était une étape importante pour elle. Elle pleura de joie devant le miracle qu'elle s'autorisait à croire possible.

— Vi, qu'est-ce qui ne va pas ? demanda Jasper à voix basse en caressant sa joue humide.

— Rien. Tout va bien et cela me rend vraiment, vraiment très heureuse.

— Moi aussi.

Il colla son sourire au sien en un tendre baiser.

Après l'échographie, Jasper s'était précipité à son bureau, aussi Vienna fut-elle surprise de le voir apparaître en fin d'après-midi près de la piscine où elle barbotait, encore tout à sa joie.

Il portait un maillot de bain noir moulant qui soulignait ses abdominaux, s'étirait sur ses hanches plates et mettait en valeur sa virilité, qu'il avait peine à contenir. Sans un mot, il plongea, ne remontant pas à la surface avant d'être à côté d'elle, dans la partie peu profonde où elle s'était assise sur les marches.

— Chérie, je suis rentré !

Il l'embrassa avec fougue.

— Je vois cela ! s'exclama-t-elle en riant. Comment s'est passé le reste de ta journée ?

Il la prit dans ses bras et lui vola sa place sur la marche avant de la déposer sur ses genoux.

— Parfaitement. La visite des membres du ministère a été concluante et nous pouvons passer à l'étape suivante.

— C'est une bonne nouvelle ! Et cela signifie que nous pouvons passer l'été ici au lieu de l'hiver au Canada.

— Tant mieux ! Plus je te vois en bikini, mieux je me porte.

Vienna tapota les rondeurs qui commençaient à apparaître au niveau de sa taille.

— C'est probablement mon dernier jour en bikini avant un certain temps, dit-elle avec regret.

— Ne te gêne pas pour moi. Je te trouve superbe !

Il la déplaça pour lui caler les fesses dans le berceau de ses cuisses.

— Tu as annoncé la nouvelle à quelqu'un ? demanda-t-il en lui caressant les hanches.

— Je voulais t'attendre. J'ai envie de le faire en personne, mais j'aurai du mal à attendre le printemps. Que penses-tu de rentrer à la maison pour Noël ?

— L'autre jour, Amelia m'a demandé quels étaient nos projets. J'ai dit que je verrais avec toi. Je pense que nous devrions rentrer à la maison. Quand nous serons rentrés, nous pourrions...

Il s'interrompit et la poussa légèrement en avant pour glisser la main sous la cuisse de Vienna.

— Qu'est-ce que tu fabriques ? D'habitude, tu es plus habile à ce petit jeu, le taquina-t-elle, déjà excitée.

— J'ai quelque chose dans mon maillot.

— Je connais le contenu de ton maillot, et je n'ai pas l'impression que tu es sur le pied de guerre de ce côté-là non plus...

— Tu te crois drôle ? J'ai quelque chose pour toi, dedans.

— Des promesses, toujours des promesses..., ironisa-t-elle, malicieuse.

Il sortit son bras de l'eau, poing fermé.

— Quand nous rentrerons à la maison, rendons cela officiel, dit-il.

Il ouvrit la main. Sur sa paume reposait une bague ornée d'une pierre d'un bleu éclatant, qui, lorsqu'elle prenait la lumière, se teintait de violet. La monture en platine était élégante de simplicité.

— Jasper ! Elle est magnifique ! Un saphir ?

— Un diamant bleu. Ils sont très rares. Celui-ci provient d'une mine écoresponsable. J'ai pensé qu'il convenait à une femme qui est le diamant des diamants.

— Flatteur, lança-t-elle, émue. Tu sais, tu m'as déjà donné la chose la plus précieuse que je puisse désirer.

Il lui posa la main sur la joue et chercha son regard.

— Tu es très spéciale, Vienna Waverly. Remarquable. Non seulement pour ce miracle que tu es en train de concevoir, mais aussi pour l'éclat très particulier que tu apportes à ma vie. Chaque jour, je suis en admiration devant toi, en tant qu'artiste et en tant que femme courageuse. Je sais déjà que tu seras une mère extraordinaire pour notre enfant. Veux-tu m'épouser ?

Comment aurait-elle pu refuser ? Ce n'était pas une déclaration d'amour, mais il avait mis un point d'honneur à formuler qu'il ne s'agissait pas seulement de leur bébé.

Pour la première fois de sa vie, elle avait l'impression que quelqu'un la voyait, l'appréciait et la désirait.

La gorge serrée, elle put seulement murmurer :

— Oui.

Elle tendit la main pour qu'il enfile la bague à son doigt. Quelque chose que sa grand-mère lui avait raconté quand elle était enfant lui revint à l'esprit. Elle lui avait dit que l'alliance devait être portée à l'annulaire gauche parce qu'une veine en partait et remontait le long du bras jusqu'au cœur. Ce fut ce qu'elle ressentit lorsque Jasper fit glisser l'anneau. Une douce sensation se répandit dans sa poitrine et, même si elle n'avait jamais rien vécu de tel, elle sut de quoi il s'agissait : de l'amour. Le véritable amour. Celui qu'elle avait espéré toute sa vie.

Les mots flottaient dans une lueur autour de son cœur, scintillants et fragiles dans leur nouveauté. La bouche de Jasper couvrit la sienne avant qu'elle ne puisse les prononcer à voix haute. Et puis elle n'était pas encore prête.

Très vite, elle oublia tout, sauf ce que Jasper avait d'autre pour elle dans son maillot de bain...

12

Le mariage aurait lieu dans un hôtel de charme de Toronto. Ils avaient envoyé les invitations sans mentionner le bébé à venir. Après un mois bien rempli à faire des arrangements à distance, ils atterrirent quelques jours avant la cérémonie, dans une tempête de neige typique de l'Ontario en cette saison. Après une matinée à se remettre du décalage horaire, Jasper proposa à la famille d'envahir son appartement. Il était impatient de voir la réaction d'Amelia à la nouvelle de la grossesse de Vienna, et il ne fut pas déçu. Après avoir crié sa joie, elle dit entre deux sanglots :

— Je vais pleurer pendant des jours. Je suis si heureuse pour vous deux. Pour nous tous.

Hunter réagit plus calmement. Jasper se crispa, prêt à le remettre à sa place à la moindre maladresse. Mais les yeux de Hunter étaient humides lorsqu'il l'étreignit chaleureusement.

— C'est une très bonne nouvelle. Félicitations à vous deux.

C'était un moment de pur bonheur partagé, aussi rare que le diamant bleu que portait Vienna et aussi proche de la perfection que possible. Pourtant, la culpabilité l'envahit, laissant une traînée d'obscurité sur son bonheur. Si seulement Orlin Caulfield ne profitait pas lui aussi pleinement de l'existence... Le dernier rapport que Jasper avait reçu localisait l'ancien dirigeant quelque part dans le Pacifique

Sud, échappant toujours aux forces de l'ordre et aux conséquences de ses actes.

— Qu'est-ce qui ne va pas ? demanda Vienna en lui touchant le bras.

Elle était toujours à l'écoute de ses états d'âme.

— Rien.

Jasper se débarrassa de ses sombres pensées. Il ne voulait pas tout gâcher. Mais, alors qu'il tenait Peyton dans ses bras et s'imaginait bientôt tenir son propre bébé, il ne pensait qu'à Saqui et au fait que son ami n'aurait jamais l'occasion de vivre une telle expérience.

Depuis leur arrivée, quelques jours auparavant, Jasper était distant. Vienna mettait cela sur le compte de leur retour au Canada, espérant que cela ne cachait pas autre chose.

Ils rendirent visite au père de Jasper, afin de lui annoncer en personne qu'il allait de nouveau être grand-père. Ravi, Tobias promit d'assister au mariage et annonça qu'il viendrait avec une cavalière, Ola.

Une fois toute la famille informée, ils firent une annonce publique confirmant que Vienna Waverly était fiancée, enceinte et allait épouser le père de son enfant, Jasper Lindor, dans un hôtel du centre-ville une semaine avant Noël.

Ce soir-là, ils avaient prévu d'assister à l'une des deux ou trois grandes fêtes annuelles que donnait Hunter dans le cadre de la promotion de Wave-Com, où se pressaient nombre de célébrités et des relations d'affaires. Comme chacun avait des obligations en ville, ils s'y rendirent ensemble. De nombreux paparazzis avaient bravé la neige pour les photographier alors qu'ils quittaient leur appartement. Une des raisons pour lesquelles Vienna adorait Santiago, c'était qu'elle pouvait y être anonyme.

Ils se séparèrent devant la boutique de luxe où Vienna avait rendez-vous pour un essayage de sa robe de mariée. Ensuite, elle irait choisir sa tenue pour le soir même.

Jasper n'était pas rentré lorsqu'elle revint à l'appartement.

Elle fit une brève sieste, puis se prépara. Elle avait presque terminé lorsque Jasper fit son apparition, superbe dans son smoking sur mesure. Il était allé chez le coiffeur et s'était fait tailler la barbe. Il arborait une coupe « coiffé-décoiffé » du plus bel effet.

— Tu es magnifique, s'extasia Vienna.
— Toi aussi.

Son regard incandescent mit quasiment le feu à sa robe bleue à paillettes lorsqu'il parcourut sa silhouette du regard, s'attardant sur le décolleté profond et le petit ventre rond.

— Tu n'as pas besoin de parures, mais quand tu as dit que tu portais du bleu, j'ai pensé que ceci irait avec ta robe. Des tourmalines. Elles viennent du Brésil.

Jasper lui montra une paire de boucles d'oreilles d'un bleu saisissant, entourées de diamants.

— Je les adore ! s'exclama-t-elle. Je vais les porter tout de suite. Disons que c'est un cadeau de Noël avant l'heure.

Il se gratta la barbe avec une petite moue contrite.

— En fait, j'ai autre chose à mettre au pied du sapin...
— Alors, disons que c'est un cadeau de mariage.
— Heu... Déjà prévu aussi...

Vienna, qui fixait les bijoux à ses oreilles, ne put s'empêcher de rire.

— Jasper, tu achètes des pierres précieuses pour *me* faire plaisir ou pour *te* faire plaisir ?

— Un peu des deux, admit-il avec une tête de chenapan pris la main dans le sac. Mais on pourrait inventer le « cadeau prénatal » pour la maman qui va accoucher, qu'en dis-tu ?

— Tu es incorrigible, s'esclaffa-t-elle.

Il semblait débarrassé de l'humeur lourde qui l'habitait. Leurs regards étaient imbriqués l'un dans l'autre, ils se souriaient et les mots étaient là, au bord des lèvres de Vienna : *Je t'aime*.

On sonna à la porte. La magie s'évanouit.

— Ce doit être la voiture, dit Jasper. Viens, je veux que tout le monde te voie à mon bras.

— Moi ou ces boucles d'oreilles ?

— Toi, affirma-t-il, lui remontant encore un peu plus le moral.

La fête était une véritable réussite, mêlant sportifs professionnels, stars du cinéma et de la musique, personnalités du monde des affaires et figures de la jet-set.

Pour la première fois depuis longtemps, Vienna était complètement détendue lorsqu'elle circulait de groupe en groupe avec Jasper. Elle avait l'impression d'avoir réécrit sa vie avec une fin bien meilleure. Elle était amoureuse de son fiancé et attendait son bébé. Deux jours plus tard, ils se marieraient. Tout allait enfin bien pour elle.

Hunter porta un toast. Il remercia ses invités d'être venus, puis Amelia d'avoir organisé une si belle fête. Ils partagèrent à cet instant un regard d'adoration pure qui fit ravaler à Vienna une boule d'émotion.

— Enfin, j'aimerais porter un toast à mon beau-frère, Jasper, qui sera bientôt mon beau-frère.

La saillie de Hunter provoqua l'hilarité de l'assistance.

— Je lève aussi mon verre à ma sœur, Vienna, reprit-il quand les rires se furent calmés. Elle m'a permis de rester sain d'esprit pendant des années très difficiles. Je suis si fier de toi d'avoir cherché l'amour et le bonheur que tu mérites tant. À Jasper et à Vienna !

Vienna sentit le bras de Jasper l'entourer tandis qu'il levait sa coupe de champagne. Il posa les lèvres sur sa tempe et elle se força à sourire, mais les mots de Hunter résonnaient à ses oreilles comme un glas.

« L'amour et le bonheur que tu mérites tant... »

Les avait-elle ? Vraiment ?

Le lendemain après-midi, Vienna essayait encore de se débarrasser de ses doutes. Jasper et elle vivaient une relation formidable, qui lui donnait confiance en elle et lui offrait enfin ce qu'elle avait tant désiré avoir dans sa vie – l'art, un bébé.

Mais l'autre chose essentielle dont elle avait besoin, c'était l'amour.

Jasper était sorti rejoindre des amis de fac qui ne pouvaient assister au mariage. Vienna avait de toute façon besoin d'un peu de tranquillité. Elle s'était réveillée avec des maux de tête et une vague nausée, qu'elle avait mis sur le compte de la fatigue de la soirée. Ses joues étaient chaudes alors que le reste de son corps était froid, mais sans doute son corps de femme enceinte avait-il du mal à s'adapter au choc thermique entre Santiago et Toronto.

Elle prit un comprimé contre les maux de tête, qui sembla faire effet.

Lorsque Jasper revint, ils partirent pour l'hôtel où se déroulerait le mariage, le lendemain. Ils avaient leur dernière réunion avec l'organisatrice et visitaient les salles où se dérouleraient la cérémonie et la réception. Bientôt, les invités proches arriveraient pour la répétition, puis ils dîneraient tous ensemble.

Comme tout s'était décidé à la dernière minute, la liste des invités n'était que de trois cents personnes, mais ils n'avaient pas lésiné sur les moyens, à commencer par le lieu, magnifique, à l'architecture Renaissance. La salle de réception était décorée sur le thème de l'hiver, avec des roses rouges givrées disposées dans de grands vases en cristal qui se dressaient comme des stalagmites entourés de cercles de houx. Des plaids écossais drapaient les chaises. Des cartons calligraphiés étaient placés sur les tables dans des pommes de pin, et de faux flocons de neige étincelants étaient suspendus au plafond. Des bougies dans des lanternes attendaient d'être allumées.

L'organisatrice s'excusa de devoir les abandonner quelques instants : elle avait encore des détails à régler. En sortant, elle appuya sur un bouton. L'intensité de l'éclairage baissa et une projection de ciel nocturne apparut au plafond, avec des aurores boréales qui scintillaient en traînées vertes et violettes.

— Waouh ! s'exclama Jasper, la tête penchée en arrière. Tu as vraiment organisé tout ça en si peu de temps ?

— Je voulais que ce soit parfait.

— C'est parfait. Tu es parfaite.

Il lui tendit la main. Elle se blottit contre lui, et tous deux observèrent le plafond, enlacés. Le cœur de Vienna s'emballa. Elle devait savoir.

— Jasper ?

— Oui ?

Il la regarda avec tendresse.

— Je t'aime.

Voilà, elle l'avait dit. L'appréhension lui nouait le ventre. Elle chercha son regard. Elle y lut une sorte de mise en garde qui ouvrit un abîme sous ses pieds.

Oh ! mon Dieu...

— Tu ne m'aimes pas, réalisa-t-elle, horrifiée.

Pourquoi m'aimerait-il ? chuchota l'ancienne Vienna, toujours tapie en elle.

— Vi. Je tiens beaucoup à toi. Tu le sais.

Il referma les mains sur elle, comme s'il la sentait s'éloigner et qu'il essayait de la retenir. Elle le repoussa. Elle avait chaud et froid à la fois. *Quelle idiote d'avoir prononcé ces paroles stupides !* La tête lui tournait. Une terrible brûlure remonta du creux de son ventre jusqu'au fond de sa gorge.

— Et voilà que je recommence, murmura-t-elle. J'essaie de créer l'illusion de la perfection, mais il n'est pas question de perfection.

— La perfection n'existe pas, tu le sais, répliqua Jasper d'un ton agacé, presque dur. Mais ce que nous avons est très, très bien.

— Je pensais que nous étions en train de tomber amoureux, Jasper. Je pensais que si je te donnais du temps...

Elle se tut et secoua la tête, atterrée. Combien de temps avait-elle attendu la dernière fois ? Des années. Elle se sentait tellement bête ! Une fois de plus.

— Crois-tu pouvoir m'aimer ? Le veux-tu ?

C'était vraiment pathétique de poser une telle question, mais elle avait désespérément besoin de savoir.

— Je ne peux pas lire l'avenir, Vi. Ce que je peux promettre, c'est d'être toujours honnête avec toi.

Elle se cabra.

— Mais tu n'as pas été honnête ! Tu m'as laissée penser que...

Une nouvelle fois, elle ne termina pas sa phrase. Lui avait-il laissé penser quoi que ce soit, ou était-ce elle qui avait interprété chaque geste comme les indices d'un amour naissant ? Elle avait vu ce qu'elle voulait voir, prenant la gentillesse et l'attention pour plus que cela.

Ce stupide éclairage la rendait malade. Elle se dirigea impatiemment vers la porte.

— Vienna ! cria Jasper dans son dos.

Elle appuya sur l'interrupteur pour allumer les lumières principales. Le ciel romantique disparut dans un blanc froid et clinique. Pendant un moment, ils s'affrontèrent du regard à travers la fausse neige.

— Tu agis comme si quelques mots pouvaient changer ce que nous avons, lança Jasper d'une voix tendue.

— C'est le cas. Je viens de les dire et pas toi. Ça change *tout*.

— Non, asséna-t-il. Nous sommes toujours à l'aube de nous marier, d'avoir un bébé et de construire notre vie ensemble.

— Sur quelles bases ? J'ai à nouveau l'impression de tout donner alors que mon mari ne m'offre rien !

— Ce n'est pas vraiment « rien », Vi, répliqua-t-il sèchement.

— Rien *de toi*. Tu me demandes de me réveiller tous les matins en sachant que je suis amoureuse de toi alors que tu ne m'aimes pas. Je ne peux pas. C'est au-dessus de mes forces.

Affolée par l'énormité de ce qu'elle venait de dire, Vienna

écarquilla les yeux. Sa bouche forma un O. Elle mit la main devant. Elle se figea à la perspective d'un mariage annulé et d'un autre énorme scandale. Elle s'agrippa au mur, tellement nauséeuse qu'elle en avait le vertige.

— Vienna, ne profère pas de menaces si tu n'es pas prête à les mettre à exécution.

— Crois-moi, Jasper, épouser quelqu'un que l'on n'aime pas, ce n'est pas génial.

Elle tremblait, à présent. Tout son corps était glacé, mais en sueur. Son estomac se déchirait.

— Je... Je crois que je vais vomir, marmonna-t-elle.

Elle se précipita vers les toilettes.

Sur le point de s'élancer pour rattraper Vienna, Jasper décida de prendre une minute pour se calmer.

Il regarda autour de lui.

Il poussa un juron et se frotta les yeux.

Il vit tout le soin qu'elle avait apporté à ce mariage. Combien il représentait pour elle. Il vit l'amour.

Il vit également la matérialisation de tout ce qu'il avait entendu depuis leur retour au Canada. Encore le matin même, un de ses anciens camarades d'université lui avait affirmé : « Tu as vraiment tout, espèce de petit veinard ! Tu vis vraiment dans un rêve. »

C'était vrai. Professionnellement, il était au sommet de son art ; il avait une fiancée incroyable, un mariage était prévu et un bébé allait arriver. Que pouvait-on souhaiter de plus ?

L'amour. Bien sûr, Vi voulait de l'amour.

Il pouvait à peine accepter celui qu'elle lui offrait, pourtant, et encore moins lui en donner. Cela tuerait Vienna s'il osait le dire, mais tout cela était bien plus que ce qu'il méritait. Pas quand Saqui...

Il soupira, assailli soudain par les souvenirs.

— Quel genre de femme désires-tu ? lui avait demandé son ami, un jour qu'ils randonnaient en montagne.

— Tu passes une commande ? s'était amusé Jasper.

— En ligne. Mais les sites de rencontres se trompent sans cesse.

— Ah oui ? Quels sont tes critères ?

L'œil malicieux, Saqui avait alors répondu :

— Quelqu'un qui réfléchit. Si elle est belle, c'est génial, mais la gentillesse compte plus pour moi. Elle devra aimer les chiens. Je veux qu'elle me fasse rire. Et elle a intérêt à savoir cuisiner ! avait-il conclu dans un grand rire.

Jasper avait ri aussi, car tous deux savaient que Saqui savait à peine faire cuire un œuf dur.

— Pourquoi es-tu si pressé de te marier ?

Son ami était devenu grave.

— Parce que ce que nous faisons est intéressant, mais ce n'est pas l'essentiel. Ce n'est pas le but de ma vie. Ma femme le sera.

Chaque fois que Jasper repensait à cette conversation, il pensait à la femme qui, quelque part, ne rencontrerait jamais l'homme qui avait été si désireux de la rendre heureuse.

— Où est Vienna ?

La voix de sa sœur arracha Jasper à ses souvenirs glauques.

Amelia et Hunter étaient censés escorter Vienna jusqu'à l'autel. Mais le mariage aurait-il lieu ?

Le cœur de Jasper s'emballa.

— Elle est allée aux toilettes. Tu peux aller vérifier qu'elle va bien ?

Il commençait à penser qu'elle était partie. Amelia hocha la tête et s'éloigna.

— Un problème ? demanda Hunter.

— Nous nous sommes disputés, admit-il.

— À propos de ?

Il n'eut pas le temps de répondre : quatre personnes avaient fait leur apparition dans la salle et se saluaient. Jasper les reconnut, car Vienna lui avait montré des photos de ses demoiselles d'honneur et de leurs maris. Il y avait là Eden, l'ex-fiancée de Hunter, visiblement enceinte, ainsi que son mari, Remy. Vienna avait demandé avec inquiétude à Amelia ce qu'elle pensait de l'idée d'inviter Eden. Amelia avait répondu qu'il était temps d'enterrer les vieilles histoires, et que ce serait l'occasion pour elle de rencontrer enfin tout le monde dans de bonnes conditions. L'autre couple était composé de Micah, le frère d'Eden, et Quinn, la seconde demoiselle d'honneur de Vienna.

En cet instant, Jasper ne souhaitait rien moins au monde que rencontrer de nouvelles personnes. Il donna à chacun une poignée de main distraite tout en cherchant sa fiancée du regard.

« Ce n'est pas le but de ma vie. Ma femme le sera. »

L'écho des paroles de Saqui forma dans sa gorge une boule qui l'empêchait de respirer.

— Où sont Vi et Amelia ? demanda Remy.
— C'est ce que je me demande, dit Jasper.

Il se dirigea vers la grande double porte. À ce moment-là, Amelia arriva en courant. Elle était pâle, avait les yeux écarquillés, l'air bouleversé.

— J'ai appelé une ambulance. Jasper. Vienna a des douleurs à l'estomac. Elle ne peut pas marcher.

Il eut l'impression qu'une dague s'enfonçait lentement dans son cœur.

Vienna s'était recroquevillée sur une banquette rembourrée dans la sorte d'antichambre qui desservait les toilettes.

Soudain, Jasper y fit irruption et s'agenouilla devant elle. Le secouriste de l'hôtel, qui venait de prendre la température de Vienna, se présenta à lui.

— Elle a de la fièvre, dit-il.

Elle ne pouvait retenir ses larmes. Jasper lui essuya les joues. Elle ne pouvait supporter l'expression d'angoisse sur son visage et ferma les yeux.

— Pas de saignement. Combien de semaines ? demanda le secouriste.

— Dix-sept et demi, répondit Jasper. Pouvez-vous vérifier le rythme cardiaque du bébé ?

— Non, c'est trop tôt dans la grossesse. L'ambulance arrive.

Jasper essaya de lui prendre la main, mais elle la retira. Elle voulait la garder sur son ventre. Elle était certaine d'avoir senti un frémissement à cet endroit. L'avait-elle seulement imaginé ? La douleur était lancinante. Vienna voulait juste qu'on la laisse tranquille, tout le monde l'entourait à présent. Un brouhaha confus de questions inquiètes et de réponses parvenait jusqu'à son cerveau. Elle avait besoin de calme, pas de cette agitation.

Enfin, les secours arrivèrent. Ils la déplacèrent sur un brancard. Seigneur, elle avait tellement mal... Ils la recouvrirent d'une couverture et installèrent le brancard dans l'ambulance. Jasper s'assit à côté d'elle. Il lui prit la main dans les siennes.

— Même mon propre bébé ne veut pas de moi..., chuchota-t-elle, à l'agonie.

Jasper ne s'était jamais senti aussi impuissant de sa vie. Il ferait n'importe quoi pour que leur bébé survive. N'importe quoi. À l'idée de le perdre, l'enfer s'ouvrait sous ses pieds. Cela le dévasterait, mais il ne pourrait pas supporter ce que cela ferait à Vienna.

Comment avait-il pu être aussi stupide ? Il était bien placé pour savoir à quel point la vie était fragile, mais il avait quand même considéré sa bonne fortune comme allant de soi ; tout juste s'il s'était rendu compte de la chance qu'il avait ! Il aurait dû être à genoux, reconnaissant. Cette femme incroyable lui avait dit qu'elle l'aimait et il n'avait pas voulu l'entendre. Parce qu'il ne pensait pas mériter autant de bonheur.

Il avait rencontré la femme de sa vie, mais il n'avait pas été capable de le reconnaître, d'accepter ce qu'il ressentait pour elle. À cause de sa culpabilité.

— Vienna, écoute-moi. Je t'aime. Tu m'entends ? Quoi qu'il arrive, je t'aime et je veux que tu m'épouses.

— Tu n'as pas besoin de dire ça, murmura-t-elle.
— Si, bien sûr. J'aurais dû le dire il y a une heure, mais... Bon sang ! Il y a une heure, j'avais peur de m'avouer que j'avais besoin de toi. C'est le cas. Je ne veux pas te perdre.

Il lui prit la main et la posa sur sa joue. Alors seulement, il se rendit compte qu'il pleurait.

— Je t'aime, Vienna. Tu es tout pour moi. Quoi qu'il arrive, tu n'es pas seule. Je suis ici, à tes côtés, et je resterai à tes côtés. D'accord ?

Elle cligna des yeux.

— C'est tellement... injuste, dit-elle d'une voix faible, altérée par la douleur qui la faisait grimacer.

Il se pencha sur elle et lui caressa le front.

— C'est vrai. Mais soyons reconnaissants à ce bébé d'être entré dans nos vies et de nous avoir réunis. Pour l'instant, nous sommes encore tous les trois ensemble, non ?

Elle acquiesça et s'accrocha à sa main. Ils restèrent silencieux durant le reste du trajet. Une fois à l'hôpital, elle fut transportée aux urgences du département gynécologie-obstétrique. Un médecin l'examina en attendant qu'une salle d'échographie se libère.

— Le rythme cardiaque du fœtus est élevé, déclara-t-il.

Jasper regarda Vienna et lut dans ses yeux le même espoir timide qui frémissait en lui.

Quelques minutes plus tard, elle fut transportée dans une salle d'imagerie similaire à celle qui les avait rendus si heureux à Santiago. L'échographiste les rassura rapidement : le bébé bougeait et son cœur battait.

— Avez-vous des contractions ? demanda-t-il.

— Je ne sais pas ce qu'est cette douleur. Elle est constante.

Le spécialiste lui palpa l'abdomen. À un moment, il appuya sur un point qui fit hurler Vienna.

— Vous ne faites pas de fausse couche. Vous avez une appendicite. Vous devez être opérée ce soir.

— Et... et le bébé ? demanda Vienna d'une voix tremblante.

— Aucun risque, a priori.

Jasper était déchiré par son air effrayé. Il lui prit le visage dans ses mains et la regarda droit dans les yeux.

— Je t'aime. Quoi qu'il arrive, je t'aime.

Lorsque Vienna fut emmenée au bloc opératoire, Jasper retrouva Amelia et Hunter dans la salle d'attente. Il leur expliqua la situation et apaisa leurs craintes. L'opération dura une heure, qu'ils passèrent ensemble dans une sorte de communion silencieuse, seulement troublée par les tintements de leurs téléphones lorsqu'arrivaient des messages demandant des nouvelles de Vienna.

Enfin, une infirmière vint leur annoncer que tout s'était bien passé et que les signes vitaux du bébé étaient parfaits.

— Je vais appeler papa, dit Amelia.

Elle se leva et sortit.

— Je vais annuler le mariage, dit Hunter.

— Non. J'ai été idiot, mais j'aime ta sœur et je le lui ai dit. Elle m'aime aussi. Personne ne fera jamais plus d'efforts que moi pour la rendre heureuse. Nous allons nous marier.

— Je suis heureux de l'entendre, déclara Hunter. Vienna a fait des choix que j'ai dû respecter, mais je savais qu'elle se sous-estimait. Je me suis toujours détesté de ne pas avoir essayé de la dissuader de commettre certaines erreurs. J'ai besoin de savoir qu'elle va épouser quelqu'un qui voit à quel point elle est incroyable. Je suis heureux que tu sois cet homme, mais je ne pense pas que Vienna puisse se rendre à la cérémonie demain.

Jasper jura.

— Par « annuler le mariage », je voulais dire que je m'occuperais d'informer l'hôtel et les clients. Par expérience, ajouta-t-il avec un sourire ironique, je te suggère de laisser les invités profiter de la nourriture et de la fête. Cela permet d'aplanir les difficultés.

— Merci. Profitez-en bien, répliqua Jasper, amusé. Prends des photos, pour que nous sachions ce que nous avons manqué.

Chaque fois que Vienna se réveillait, Jasper était là. Il la rassurait en lui disant que le bébé se portait bien, qu'elle se remettait rapidement et qu'il l'aimait. Il lui apprit que la fête s'était bien passée et que les animations qu'elle avait prévues avaient remporté un vif succès.

— Est-ce qu'Amelia s'est bien entendue avec Eden et Quinn ? Je craignais tellement qu'elle se sente mal à l'aise avec elles !

— Elle a dit qu'elle avait passé une bonne partie de la soirée à discuter avec elles. Elle les trouve géniales.

— Ça me fait plaisir. Tu y es allé ?

Son froncement de sourcils lui apporta la réponse.

— Quand j'assisterai à notre mariage, tu seras là. Car tu m'épouseras, n'est-ce pas ?

Vienna sentait que son inquiétude était sincère. Elle se rendait compte aujourd'hui que le côté fastueux du mariage, projection de son romantisme, avait peut-être mis beaucoup de pression sur Jasper.

— Peut-être que j'attendais trop de notre relation, murmura-t-elle.

Il s'assit sur le lit et pressa la main de Vienna contre sa cuisse.

— Ce n'est pas vrai. Je ne pouvais pas supporter d'être aussi heureux, Vi. C'était difficile d'accepter ton amour, alors que Saqui n'aura jamais ce que nous avons, mais il aurait été le premier à dire : « Aime-la, imbécile ! » Il savait à quel point il est rare et précieux de trouver la personne avec laquelle on veut passer sa vie. Il serait en colère contre moi pour avoir gaspillé une seule minute de notre temps. Mon père aussi, d'ailleurs. L'amour fait peur. La perte fait souffrir.

Il prit une grande inspiration avant de poursuivre :

— Je me servais de ma culpabilité et de ma colère après

la mort de Saqui pour atténuer mon chagrin, afin de ne pas avoir à l'affronter et à le ressentir. Plutôt que de faire face à la douleur, je l'ai mise entre nous. Je ne recommencerai pas. Je te le promets.

— Il te manque...

— Oui. Mais je dois accepter qu'il soit parti. Mettre Orlin Caulfield en prison ne ramènera pas Saqui, alors je n'en ferai plus une obsession. Il est important pour moi qu'il soit arrêté et jugé, mais je laisserai les autorités s'en charger. Ma vie, c'est vous deux. Le bébé et toi.

Vienna lui prit la main et la serra dans la sienne, tellement émue par sa franchise qu'elle eut du mal à parler.

— J'ai laissé mes propres fantômes se mettre entre nous quand j'ai dit que tu ne me donnais rien de toi. Tu me donnes tout. Ma vie avec toi est celle que j'ai toujours voulue. Je serais honorée de t'épouser, Jasper Lindor.

Le mariage avait été reprogrammé pour le matin de la veille de Noël, quelques jours après sa sortie de l'hôpital. Vienna se sentait beaucoup mieux. Elle portait sa robe de mariée en soie ivoire avec un haut croisé et une ceinture en satin. Comme c'était une cérémonie intime et privée, elle ne mit ni son diadème ni son voile et n'emporta même pas son bouquet.

Elle fut surprise de découvrir dans un salon intime une version miniature du décor de leur mariage. La tonnelle était en place devant une cheminée en marbre où un feu crépitait joyeusement. Sa surprise fut décuplée lorsqu'elle reconnut une douzaine de visages souriants. Eden et Remy, Quinn et Micah, Tobias, Amelia, Hunter, Peyton : tous ses proches étaient là !

L'officiant annonça que la cérémonie pouvait commencer. Chacun se mit en place. Hunter s'approcha de Vienna et lui offrit son bras pour la mener à l'autel.

— Il t'aime vraiment, tu sais, lui chuchota-t-il à l'oreille. Nous t'aimons tous. Moi aussi.

— Merci, c'est bon de l'entendre. Je t'aime aussi, grand frère.

Ils commencèrent à avancer dans l'allée improvisée. Le pouls de Vienna s'emballa. Elle percevait tout avec précision, des douces notes d'une harpe invisible à la lumière qui brillait dans les yeux de son fiancé, somptueux dans son smoking sur mesure.

Il lui prit les deux mains lorsqu'elle le rejoignit. Ses yeux étaient humides d'une émotion joyeuse, comme les siens.

Ils prononcèrent leurs vœux simples d'une voix forte et assurée et, lorsqu'ils s'embrassèrent, ils souriaient tous les deux. L'étincelle de la passion était toujours là…

— Je n'aurais jamais imaginé pouvoir ressentir cela pour quelqu'un, lui dit-il devant tous leurs témoins. Je t'aime de tout mon être.

Elle ne savait pas elle non plus qu'il était possible de ressentir autant d'amour. Ni qu'elle pouvait le laisser jaillir, confiante que Jasper saurait le recevoir.

— Je t'aime aussi. Pour toujours.

Épilogue

Près d'un an plus tard

— Je te promets, mon fils, que si tu t'endors, tu vivras en rêve des aventures merveilleuses, dit Jasper.

Il arpentait la chambre de Finley Tobias Saqui Lindor, posé contre son épaule. Le nourrisson poussa un grand bâillement, se frotta les yeux de ses petits poings et se remit à pleurer.

— Je croyais que nous avions un accord : faire en sorte tous les deux d'adopter de meilleures habitudes de sommeil.

Jasper dormait peu, décidé à s'occuper du mieux possible de leur nouveau-né. Cependant, son sommeil était de meilleure qualité depuis qu'Orlin Caulfield avait été appréhendé à Rapa Nui, où il s'était arrêté pour se ravitailler. Il se trouvait désormais entre les mains de la justice chilienne.

— Qu'est-ce qui te contrarie, fiston ? reprit Jasper. Tu es fâché que maman travaille autant ? Elle se prépare pour son exposition. Si tu savais sur combien d'œuvres tu es représenté, tu serais moins grognon, je parie !

Finley finit par se calmer, sa tétine dans la bouche. Ses yeux se fermèrent et son petit corps potelé sombra dans le sommeil. Jasper l'installa avec précaution dans son berceau, puis prit une minute pour l'observer, émerveillé.

Lorsqu'il se tourna vers la porte, Vienna se tenait dans l'embrasure, appuyée au chambranle. Elle les observait avec sur le visage une expression d'amour serein qui emplissait Jasper de gratitude.

Il la rejoignit et referma doucement la porte derrière eux.

— Les ouvriers sont partis, alors j'espère qu'il pourra faire une sieste complète cette fois-ci, dit Vienna.

Ils avaient prévu quelques aménagements dans la maison en prévision des vacances de Noël. Hunter, Amelia et Peyton arriveraient dans quelques jours, accompagnés de Tobias et Ola. Comme Micah et Quinn rejoignaient Remy et Eden pour fêter Noël dans les Caraïbes, le quatuor avait proposé de venir passer le réveillon du nouvel an avec eux à Santiago.

— Tu retournes travailler dans ton atelier ? demanda-t-il à Vienna.

— J'ai pensé que nous pourrions profiter de ces quelques moments de calme, répondit-elle, mutine.

Elle glissa ses bras autour de sa taille et pressa son corps de rêve contre le sien, qui s'enflamma aussitôt.

— J'aime cette façon de voir les choses.

— J'aime ce que tu me fais ressentir, répliqua-t-elle.

Elle lui prit la main et le conduisit jusqu'à leur chambre.

— Et comment te sens-tu ? demanda Jasper en déboutonnant son chemisier.

— Aimée, dit-elle simplement.

Le cœur de Jasper se gonfla dans sa poitrine tandis qu'il la déposait sur le lit, prêt à lui prouver avec sensualité qu'il l'aimerait à jamais.

Vous avez aimé ce roman ? Retrouvez en numérique
l'intégrale de votre série « Quatre mariages et un bébé » :

1. *Tendre scandale*
2. *La fuite d'une fiancée*
3. *Scandale ou mariage*
4. *Le bébé de la mariée*

RESTEZ CONNECTÉ AVEC HARLEQUIN

Harlequin vous offre un large choix de littérature sentimentale !

Sélectionnez votre style parmi toutes les idées de lecture proposées !

 www.harlequin.fr

 L'application Harlequin

- **Découvrez** toutes nos actualités, exclusivités, promotions, parutions à venir...

- **Partagez** vos avis sur vos dernières lectures...

- **Lisez** gratuitement en ligne

- **Retrouvez** vos abonnements, vos romans dédicacés, vos livres et vos ebooks en précommande...

- Des **ebooks gratuits** inclus dans l'application

- **+ de 50 nouveautés tous les mois !**

- Des **petits prix** toute l'année

- Une **facilité de lecture** en un clic hors connexion

- Et plein d'autres avantages...

Téléchargez notre application gratuitement

SUIVEZ-NOUS !   facebook.com/HarlequinFrance
twitter.com/harlequinfrance

Vous aimez la romance et souhaitez découvrir nos collections ?
Abonnez-vous dès maintenant, c'est sans engagement !

Recevez tous les mois (ou tous les 2 mois) vos romances préférées
directement chez vous et offrez-vous un véritable moment de détente.
En plus, le premier colis est à prix réduit !

Votre 1er colis à **-60%** (incluant 3€ de frais d'envoi) contenant :
2 livres de la collection choisie + en cadeau
le 1er tome de la saga *La couronne de Santina*

8 tomes en tout sont à collectionner !

COCHEZ la collection choisie et renvoyez cette page au
Service Lectrices Harlequin – CS 20008 – 59718 Lille Cedex 9 – France

Collections	Prix 1er colis	Réf.	Prix abonnement (frais de port compris)
❑ **AZUR**	5,00€	AZ1406	6 livres par mois 31,50€
❑ **BLANCHE**	7,12€	BL1603	3 livres par mois 25,20€
❑ **PASSIONS**	7,52€	PS0903	3 livres par mois 26,79€
❑ **BLACK ROSE**	7,60€	BR0013	3 livres par mois 27,09€
❑ **HARMONY***	5,99€	HA0513	3 livres par mois 20,97€
❑ **LES HISTORIQUES**	7,12€	LH2202	2 livres tous les deux mois 17,80€
❑ **SAGAS***	7,68€	SG2303	3 livres tous les 2 mois, 29,46€
❑ **VICTORIA**	7,52€	VI2115	5 livres tous les 2 mois 42,59€
❑ **GENTLEMEN***	7,20€	GT2022	2 livres tous les 2 mois 18,00€
❑ **NORA ROBERTS***	7,52€	NR2402	2 livres tous les 2 mois prix variable**
❑ **HORS-SÉRIE***	7,44€	HS2812	2 livres tous les 2 mois 18,65€

*Livres réédités / **Entre 18,80€ et 19,00€ suivant le prix des livres

F24PDFM

N° d'abonnée Harlequin (si vous en avez un) ⎵⎵⎵⎵⎵⎵⎵⎵

Mme ❑ Mlle ❑   Nom : _____

Prénom : _____   Adresse : _____

Code Postal : ⎵⎵⎵⎵⎵ Ville : _____

Pays : _____ Tél. : ⎵⎵⎵⎵⎵⎵⎵⎵⎵⎵

E-mail : _____

Date de naissance : _____

Date limite : 31 décembre 2023. Vous recevrez votre colis environ 20 jours après réception de ce bon. Offre soumise à acceptation et réservée aux personnes majeures, résidant en France métropolitaine, dans la limite des stocks disponibles. Prix susceptibles de modification en cours d'année. Vous pouvez demander à accéder à vos données personnelles, à les rectifier ou à les effacer. Il vous suffit de nous écrire en nous indiquant vos nom, prénom et adresse à : Service Lectrices Harlequin CS 20008 59718 LILLE Cedex 9. Service Lectrices disponible du lundi au vendredi de 9h à 17h : 01 45 82 47 47.